남편이 자살했다

상처를 품고 사는 이들에게
건네는 위로

남편이 자살했다

곽경희 신작 에세이

I wished
you were alive

센시오

그렇게 우리는
조금씩 나아지고 있다

남편이 자살했다. 슬퍼야 하는데 화가 났다. 그가 승자가 되고 내가 패자가 된 듯 분하고 억울하기까지 했다. 기가 막힌 건 나도 그가 죽기를 바랐다는 것이다. 그런데 더 기가 막힌 건 이제야 그가 다시 살아나길 바란다는 것이다.

　남편과 함께하는 동안 나는 너무나 불행했다. 남편은 아내인 나와 아이들보다 자신의 어머니를 더 챙겼고, 무엇보다 술을 사랑했다. 자신의 건강이나 가족은 아랑곳하지 않고, 동네 친구들과 어울려 밤낮 가리지 않고 술을 마셔댔다. 가뜩이나 평균 수명이 마흔 살이라는 심각한 병을 앓고 있었음에도 매일 같이 술을 마셨다.

온갖 방식을 동원해 그가 술을 줄일 수 있도록 노력했지만 어떤 것도 통하지 않았다. 그 절망감이 너무나 컸던 탓인지 남편의 이런 모든 행동들이 나를 사랑하지 않아서, 내가 못나서 벌어진 일이라 여겼다. 그래서 그를 원망하고 미워하며 나 자신을 깊숙한 우울의 늪으로 끊임없이 밀어넣었다. 그러고는 급기야 그가 죽기를 바랐다.

경찰에게서 남편의 자살 소식을 전해 들었을 때 애절한 통곡이 아닌 그간 꾹꾹 눌러놓았던 분노가 먼저 터져 나왔다. 사라지든지 죽든지 아무 상관 없는데, 왜 하필이면 '자살'이라는 유치하고 치졸한 방식을 선택해서 끝까지 나를 골탕 먹이는지 너무나 밉고 원망스러웠다. 끝끝내 나를 남편 죽인 몹쓸 여자로 만들어놓아야 속이 시원한지도 궁금했다. 그의 장례를 치르는 내내 나는 바락바락 악을 쓰며 따져 물었지만, 남편은 끝내 한마디도 하지 않았다.

시간이 지날수록 남편에 대한 원망은 깊은 후회와 죄책감으로 변해갔다. 내가 조금 더 기다려주고 조금 더 따뜻이 품어주었다면 그는 최소한 '자살'이라는 어리석은 선택은 하지 않았을지도 모른다는 생각이 나를 괴롭혔다.

죄책감은 자괴감으로 이어졌다. 나는 어린 시절부터 친엄마의 폭언과 폭행에 시달리며, 바닥까지 추락한 자존감에 나 자신을 못나고 쓸모없는 사람으로 여기며 살았다. 그런데 남편까지 '자살'이란 비겁한 방식으로 사라지니 나는 정말 쓰레기와도 같은, 이 세상에 전혀 쓸모없는 존재처럼 여겨졌다. 나는 죽고 싶었다. 나야말로 살 가치도 없고, 세상에서 가장 어리석은 여자라는 생각이 가득했다. 죽는 것 말고는 딱히 답이 없어 보였다.

다행인지 불행인지, 나는 남편처럼 덜컥 죽을 수도 없는 처지였다. 내겐 넷이나 되는 아이들이 있었다. 그 아이들의 하루를 함께 열어주고 닫아주며, 그 아이들의 성장을 지켜보고 행복한 미래도 축복해줘야 했다. 살 수도 죽을 수도 없는 난감한 상황에서 나는 살아야 한다는 답을 찾았다.

딱히 희망이 보였던 건 아니다. 나는 너무나 가난했고, 넷이나 되는 아이들을 키우느라 이렇다 할 경력을 쌓을 시간도 여력도 없었다. 말 그대로 밑바닥부터 시작해야 했고, 남편이 떠나고 5년이 지난 지금도 나는 아직 그 바닥에서 헤매고 있다. 그럼에도 나는 살아야 하고, 살고 싶다.

그가 떠나고, 나를 회복해가는 과정에서 나는 미처 알지 못했던 놀라운 사실을 깨닫게 됐다. 늘 술에 취해 모두가 잠든 늦은 밤에 귀가했던 남편은 자신만의 방식으로 나와 아이들을 사랑하고 있었다. 일상에 가려져 미처 느끼지 못했던 남편의 사랑이 그의 부재를 통해 전해지던 순간, 나 또한 그를 사랑하고 있었음을 알게 됐다. 가장 최악의 삶이라 여겼던 그 시간 속에도 행복이 있었고 사랑이 있었다. 절망만 가득한 삶이라 생각했던 그때도 희망이 있었다는 사실을 나는 너무 늦게 알게 됐다. 남편은 그마저도 모른 채 생을 마감했다.

나는 나의 지난 시간을 재해석하게 되면서 차츰 남편에 대한 죄책감을 덜어낼 수 있었고, 바닥까지 추락했던 자존감도 조금씩 회복하게 되었다. 그리고 나도 누군가에겐 희망이 될 수 있겠다, 아니 꼭 희망이 되고 싶다는 생각이 강렬하게 피어올랐다. 세상 어딘가에 있을 가족의 자살로 슬퍼하고 자책하고 있을 또 다른 나에게, 괜찮다고 그건 당신 잘못이 아니라고 따뜻한 진심을 전하고 싶어졌다. 도무지 희망을 찾을 수 없다며 힘들어하고 그만 포기하려는 또 다른 나에게 희망이 없는 삶은 없다고 힘찬 응원을 전하고 싶어졌다.

남편에 대한 원망과 분노, 그리움과 후회, 죄책감과 우울감에 시달릴 때 나는 누군가의 조언과 도움이 절실하게 필요했다. 그러나 안타깝게도 주변에 그런 사람이 없었으며 공감을 나눌 데도 없었다. 주변의 어떤 이들은 나의 아픔을 제대로 공감하지 못할뿐더러 오히려 더욱 쓰라리게 했다. 그들의 위로는 때로 위로가 아니라 심장을 후벼 파는 상처였으며 그 흔한 일회용 밴드만도 못한 말들이었다.

이제는 이러한 경험조차 내 삶의 약으로 쓰인다는 사실을 알게 됐다. 정신 차려야 한다, 똑바로 살아야 한다는 현실적인 조언보다 그동안 많이 힘들었겠다며 손 한번 따뜻이 잡아주는 것이 더 힘이 된다는 점을 알게 됐다.

　이 책에 쓰인 많은 사연과 힘겨움, 그리고 토닥임과 격려는 나 자신을 향한 말이기도 하지만 지금 나와 같은 힘겨움을 겪고 있을 당신을 위한 작은 위로이기도 하다. 문득 혼자라는 생각에 이 모든 것이 무슨 소용인가 싶은 절망감이 찾아오겠지만 우리는 결코 혼자가 아니며 세상은 마냥 힘겹고 절망적인 곳만은 아니다. 어제 한 번 웃었다면 오늘은 두 번 웃으며, 그렇게 우리는 조금씩 나아질 것이다. 아니, 나아지고 있다.

차례

2장

**당신은
떠났지만
나는 밥을
먹는다**

3장

상실을 넘어 애도의 마음으로

4장

**준비하지
못한
이별에
대하여**

I wished
you were alive

1장

어느 날,
남편이
자살했다

그 날 은
이 혼 하 기
하 루   전 날 이 었 다

남편이 사라졌다. 나는 늘 그가 내 눈앞에서 사라져버렸으면 했다. 그런데 거짓말처럼 남편은 일순간에 세상에서 흔적도 없이 사라져버렸다. 그것도 가장 유치하고 못난 방법으로.

　남편이 자살했다. 그날은 우리가 이혼하기로 한 전날이자 나의 생일이었다. 남편의 자살은 그가 그토록 두려워하던 이혼에 대한 가장 강력한 거부였으며, 내 생에 잊히지 않을 가장 엽기적인 생일선물이었다.

　그날 아침 나는 분주했다. 등교 시각이 각기 다른 네 아이

(고3, 중3, 초4, 초1)에게 차례로 아침 식사를 챙겨주어야 했고, 늦깎이로 들어간 대학원의 수업이 있던 날이라 학교에 갈 준비도 해야 했다.

그날 남편은 평소보다 일찍 일어났다. 혼자 아침을 챙겨 먹고 출근 준비를 하는가 싶더니 나에게 토치를 찾아달라고 했다. 가뜩이나 바쁜 아침 시간에 토치를 챙겨달라니 짜증이 밀려왔다. 직접 찾으라고 말하고 싶었지만 그랬다간 집 안 모든 서랍을 다 헤집어놓을 게 뻔한 일이라 어디에 있는지 아는 내가 꺼내주는 편이 더 나았다.

'오늘도 사무실에서 술판을 벌일 모양인가 보네!'

토치를 건네주며 나는 대낮부터 술판을 벌일 그의 모습에 진저리를 쳤다. 가족 없이는 살아도 술 없이는 못 살 것 같던 남편은 대낮부터 사무실에서 술판을 벌이는 일이 비일비재했다. 그의 사무실에 들를 때면 술에 취해 코까지 골며 잠든 모습을 볼 때가 한두 번이 아니었다. 늘 그랬듯이 그날도 당연히 대낮부터 술판을 벌이는 것이려니 생각했다.

저녁 무렵, 수업을 마치고 집에 들어갔다가 아이들에게 간식을 챙겨준 뒤 다시 마트에 가려고 나왔다. 그때 남편의 술친구이자 근처 사무실에서 사업을 하던 사람으로부터 전화가 걸려왔다. 남편이 거의 매일 만나는 친구 중 한 명이었기에 별스럽지 않게 생각했다. 그런데 그 친구는 남편이 오늘 아예 사무실에 나오질 않았다며 혹시 집에 있느냐고 물었다. 순간적으로 이상한 느낌이 들었지만, 다른 곳에서 술판을 벌인 것일 수도 있기에 크게 염려하진 않았다.

"오늘 사무실에서 고기 구워 먹고 술 마신 거 아니었어요? 아니면 어디 다른 데 가서 술판 벌인 거 아니에요?"

"아닙니다. 다른 사람은 다 있는데 그 친구만 없습니다. 핸드폰도 아침부터 안 받던데, 그 친구 오늘 이상한 거 뭐 없었어요?"

"아침에 토치를 달라고 하기에 오늘 사무실에서 고기를 구워 먹으려나 했어요. 저도 방금 집에 왔는데, 집에도 없어요."

남편의 친구와 이야기를 이어갈수록 왠지 모를 불안감이 밀려왔다. 남편이 어울려 다니며 술을 마시는 친구들이 빤한데 그들이 남편의 행방을 모른다고 하니 뭔가 불길한 예감이 들었다. 아니나 다를까. 남편의 친구도 상황이 심상치 않다며 경찰에 신고를 하겠다고 했다. 알 수 없는 불길한 예감에 내 몸은 사시나무처럼 떨리기 시작했다. 며칠 전에 그는 내가 이혼을 감행하면 죽겠다며 손목을 긋기까지 했으니까.

'설마, 아니겠지.'

엄습한 불안감을 떨치려고 나는 고개를 내저었다. 순간, 놀랍게도 내 안에선 또 다른 마음이 생겨났다.

'만일 친구의 신고로 애매할 때 발견되어 의식불명이면 나는 내일 이혼을 못 하는데 어떡하지?'

만약 남편이 자살을 시도하려는 게 사실이라면 아직 시도 전이거나 아예 모든 것이 끝난 뒤이길 바랐다. 너무나 이기적이고 악마와도 같은 마음이었지만 나는 그만큼 간절히 남편과 끝을 내고 싶었다.

발길을 돌려 다시 집으로 향하며 친정 여동생에게 전화를 걸어 상황을 알렸다. 그런데 여동생은 피식 웃으며 대수롭지 않게 말했다.

"죽겠다는 사람치고 진짜 죽는 사람 없어! 언니 겁주려고 형부가 쇼를 했구먼! 좀 기다려봐. 형부, 어디서 술 마시고 취해서 자고 있을 거야!"

동생의 말을 듣고 보니 그런 것도 같았다. 요즘 내가 남편에게 너무 시달려서 과민하게 반응하는 것이라는 생각이 들기도 했다.

"그렇겠지? 맞아, 그럴 거야. 네 형부는 그러고도 남을 위인이긴 하지!"

별일 없을 거라고 아무렇지 않게 말했지만 어쩐 이유에선지 불길한 예감이 점점 커져만 갔다.

집으로 돌아온 후 얼마 지나지 않아 전화가 걸려왔다. 경찰이었다.

"○○○ 씨 배우자 되십니까?"

"네!"

"차 안에서 사망하셨습니다. 사망한 지는 얼마 안 된 것 같습니다. 자살한 것 같고요. 번개탄을 피우셨네요. 술병도 바닥에 뒹굴고 있고요. 찾아봤지만 유서로 보이는 건 없었습니다."

경찰은 건조하고 사무적인 말투로 설명을 이어갔다. 근처어느 병원으로 옮길지를 내게 물었고, 이따가 경찰서로 와서몇 가지 조사를 받아야 한다는 말도 덧붙였다. 누군가의 죽음에 대한 설명이 1분도 채 안 되는 짧은 시간에 끝났다.

"차라리 술판을 벌이지! 왜? 왜!"

전화를 끊자마자 나는 비통함에 악다구니를 내지르며 혼절했고, 다시 깨어난 후에도 반쯤은 정신이 나간 상태로 병원과경찰서를 오갔다.

자살,
가장 잔인한
한 방

"나는 마흔아홉 살에 죽을 거야."

남편이 입버릇처럼 했던 말이다. 공교롭게도 남편은 마흔 아홉 살을 한 달 앞두고 스스로 생을 마감했다.

남편에겐 오랜 지병이 있었다. 남편은 신경, 생식기, 눈, 입, 피부 등에 궤양이 생기는 만성 염증성 질환인 '베체트병'을 앓고 있었다. 이 병은 희귀난치성 질환으로, 환자의 평균수명이 마흔 살이라고 한다.

마흔 살을 넘기면서 남편은 "이 정도면 많이 살았다"며 무심하게 말을 던지곤 했는데, 그래서인지 나도 그가 오래 살지는 못할 거라는 마음의 준비를 늘 하고 있었던 것 같다. 그럼에도 평균수명보다 여덟 해나 더 살아낸 그가 스스로 선택한 충격적인 죽음에 나는 속절없이 공황상태가 됐다.

"네가 떠나면 나는 자살할 거야."

남편은 나와 함께 보낸 25년의 세월 동안 내가 자신을 떠나려 할 때마다 '자살'이라는 카드를 꺼내 들었다. 연애한 지 3개월쯤 됐을 때 남편과 성격이 잘 맞지 않는 것 같아서 내가 일방적으로 헤어지자고 했었다. 그러자 그는 너와 헤어지느니 차라리 자살하겠다며 집에 가는 나를 계속 따라왔다. 경제사범으로 억울하게 교도소에 들어갔다 나왔을 때도 내가 떠났으면 자살하려 했다며 고백했다. 그저 나를 붙잡아두려고 하는 말이려니 생각했다. 그러나 그건 그의 진심이었고, 나와 이혼하기로 한 전날 그는 자살을 선택했다.

우리 부부의 불화, 그리고 자살이라는 남편의 극단적인 선택을 설명하려면 '술'이 빠질 수 없다. 연애 시절부터 술을 과하게 마신다 싶었던 그는 결혼 후 매 순간 술에 의지했고, 급기야 술 없이는 살 수 없는 사람이 됐다. 나는 25년을 함께했지만 그런 그의 모습이 이해가 안 됐고 너무나 싫었다.

남편은 학창시절에 수재라는 소리를 들을 정도로 공부를 잘해서 나름 괜찮은 대학을 수석으로 입학했다. 그러나 생활 태도는 무척이나 실망스러웠다. 늘 혀가 꼬이고 몸을 가누지 못할 정도로 만취해 집에 들어왔고, 그마저도 힘들면 연락 없이 외박하는 일도 허다했다. 어떤 날은 집 앞까지 겨우 와서 쓰러져 잠드는 바람에 새벽에 엘리베이터를 타려던 이웃이 현관문을 두드려주어 알게 된 적도 몇 번 있었다.

술에 취해서 일어난 크고 작은 사건들은 헤아릴 수 없을 정도로 많았다. 나는 나중에는 아예 그가 집에 들어오든 말든 연락도 하지 않았고 기다리지도 않았다. 나로선 포기하는 것 외엔 별다른 방법이 없었다. 언젠가는 3일 동안 감감무소식이었는데도 내가 아무런 반응이 없자 오히려 남편이 어떻게 그렇게 무심할 수 있느냐며 따지듯 묻기도 했다. 나는 그렇게 무감각한 결혼생활을 아이들이라는 끈으로 아슬아슬하게 유지만 하고 있었다. 그러다 문득, 더는 이렇게 살고 싶지 않다는 생각이 들었다. 사랑은커녕 서로에 대한 최소한의 관심마저 사라진 남녀가 부부라는 이유로 인연을 이어간다는 것이 너무나 허무하게 느껴졌다. 그래서 나는 남편에게 이혼을 요구했지만 결국 그는 죽음으로 그것을 거부했다.

남편의 자살을 알리는 경찰의 전화에 잠시 정신을 잃었던 나는 다시 눈을 뜨고 내 옆에 모여 앉은 네 아이들을 바라보았다. 기다렸다는 듯 터져 나오는 눈물을 훔치며 몸을 일으켜 앉았다. 그리고 아이들에게 아빠의 죽음을 알렸다. 차마 자살이란 말은 하지 못하고 술을 마신 후에 차에서 자다가 심장마비로 사망한 것이라 둘러댔다. 짐작대로 아이들은 괴성을 지르며 울기 시작했고, 덕분에 나는 나의 슬픔과 놀람을 뒤로한 채 아이들의 마음을 먼저 살펴야 했다.

큰 아이에게 동생들을 부탁한 후 남편을 옮긴 병원으로 향했다. 남편의 시신을 확인해야 할 것을 생각하니 눈앞이 깜깜해졌다. 나는 간호학을 전공해서 시신은 여러 번 본 경험이 있었고 새까맣게 썩은 해부용 시신도 봤었다. 그러나 이렇게 만감이 교차하며 떨리진 않았었다. 그런 경험은 이 순간에는 모두 무용지물이었다. 가족, 그것도 자살한 남편의 시신을 확인한다는 것은 지금까지의 삶을 통틀어 가장 끔찍하고 충격적인 일이었다.

운전할 자신도 없어 택시를 타려고 한참을 걸어 나갔다. 지방이고 외곽 지역이라 퇴근 시간 이후에는 택시도 잘 보이지 않고 버스도 잘 다니지 않는다. 차도는 텅 비어 있었다. 모든 것이 황량하게 보였고 아무것도 없는 것처럼 느껴졌다.

"이게 뭐야! 적어도 이건 아니잖아! 이 개자식아!"

"애들은 어떡할 거냐고! 나는 뭐냐고! 이 바보야! 이 등신아!"

집을 나와 혼자가 되니 참았던 원망이 한꺼번에 터져 나왔다. 이렇게 허망하게 떠날 거면서 그동안 나를 그토록 힘들게 했던 것인지, 내 인생에서 사라지려면 곱게 사라질 일이지 왜 가장 최악의 방법을 쓴 것인지, 그렇게 홀연히 사라져버리면 나 혼자서 아이들은 어떻게 키우라는 것인지 쉴 새 없이 원망이 쏟아져 나왔다.

깜깜한 밤하늘을 향해 고래고래 소리를 질러대던 나는 저 만치서 택시가 오는 것을 보고 간신히 울음을 삼켰다. 택시를 탄 후 병원 이름만 알려주고는 눈을 감은 채 입을 다물었다. 늦은 밤에 왜 병원에 가느냐, 어디가 아프냐 등을 물어오면 난 감할 것 같았다. 거짓말을 할 힘조차 없었다. 다행히 택시기사는 아무것도 묻지 않았다.

병원이 가까워지자 심장이 세차게 뛰었다. 병원에서 마주해야 할 일들을 생각해보니 눈앞이 캄캄했다. 택시에서 내려 병원 안으로 들어가는 한 발 한 발이 마치 가시덤불 위를 걷는 듯 힘겹고 고통스러웠다.

'네가 죽었다면 너의 영혼은 어디로 간 거야? 지금 당황하고 있는 나를 보며 통쾌해하고 있는 거야? 그러기에 왜 이혼하자고 했느냐며 말이야.'

그의 대답을 듣고 싶었다. 그가 나를 비웃더라도 자살한 진짜 이유를 알고 싶었다.

'내가 왜 여기까지 와서 이런 상황을 맞아야 해? 며칠 전에 무릎 꿇고 빌면서 나를 사랑한다고 했던 말들도 모두 거짓이었지? 마음 약한 나를 어떻게든 붙잡아두려는 얄팍한 속임수가 더 이상 통하지 않자 너의 모든 게 흔들렸겠지. 넌 그걸 참을 수 없었고, 결국 영원히 모든 것으로부터 도피하기 위해 네 목숨을 내거는 악수를 둔 거지!'

남편의 죽음을 슬퍼할 짬도 없이 내 안에선 원망만 자꾸 터져 나왔다. 남편이 자살의 이유를 내게 말할 수 없으니 내 나름의 답을 찾아야 했다. 그렇게 찾은 답은, 그가 이혼을 피하기 위해 자신의 목숨을 내걸었다는 것이다. 덕분에 이제 우리는 그의 바람대로 영원히 이혼할 수 없게 됐다. 대신 영원한 이별을 했다.

병원 안으로 들어와 응급실을 가리키는 안내 표지판을 따라 걸었다. 무거운 마음과는 달리 걸음은 점점 빨라졌고, 몇 분 사이 어느덧 나는 응급실 앞에 서 있었다. 거대한 바위라도 껴안은 듯 심장이 또 한 번 쿵 내려앉았다.

열림 버튼을 누르자 응급실 문이 열렸다. 조용한 시골 마을 병원이라 응급실은 한산했다. 그래서인지 문이 열리자 간호사가 나를 뚫어지게 쳐다봤다.

"○○○ 씨 배우자인데요……."

그 와중에도 나는 창피함이 밀려왔다. 자살한 남자의 아내를 고운 시선으로 바라볼 이가 누가 있겠는가. 죄인 중의 죄인이 된 기분이 들어 차라리 얼굴을 가리고 말하고 싶었다. 사람들의 눈에 나는 남편이 죽는 것을 보고만 있었던 냉혈한이거나 아예 눈치조차 채지 못한 둔한 바보로 보일 것만 같았다. 그도 아니면, 자살이라도 해서 벗어나고 싶었을 만큼 엄청난 문제를 가진 부부라고 여길 것만 같았다.

나도 모르게 얼굴을 정면으로 마주치지 않으려고 뒤로 물러나며 비스듬하게 쳐다보고 있었다. 이 순간만큼은 아무도 나를 쳐다보지 않으면 좋겠다는 생각을 했다. 의사든 간호사든 누구에게든 될 수 있으면 눈에 안 띄게 문 뒤로 물러났다. 간호사는 잠깐 문 앞에서 기다리라고 하며 어디론가 걸어갔다. 응급실 담당 의사에게 가는 듯했다.

몇 분도 채 되지 않는 짧은 시간 동안 나는 사극에 나오는 최고의 악역 중 한 명인 장희빈이 된 듯한 심정이었다. 누군가가 들고 온 사약을 마신 후 온몸을 비틀며 죽어가는 모습을 보여줘야 시청자들이 통쾌해할 그런 상황이 된 것만 같았다. 응급실 앞 차가운 의자에 앉아 나는 나 자신을 저주하는 온갖 생각에 사로잡혀 있었다. 얼마나 운이 없고 박복하면 남편이 자살을 다 했을까. 나부터도 나를 고운 눈길로 볼 수 없는데 누가 나를 곱게 보겠는가. 앞으로 어떻게 남은 시간을 살아내야 할지 아득하기만 했다.

응급실 문이 열렸다. 응급실 담당 의사 뒤쪽의 커튼 사이로 침대 위 낯익은 다리가 살짝 보였다. 남편의 다리였다. 또다시 쿵 하고 마음이 세차게 무너져 내렸다. 의사가 밖으로 걸어 나오자 응급실 문은 다시 닫혔고 남편의 다리 한쪽도 함께 사라졌다.

"시신을 확인하시겠습니까?"

의사의 질문에 나는 대답 대신 침묵을 선택했다. 보고 싶지 않았다. 아니, 싸늘히 식어버린 그를 볼 자신이 없었다. 의사는 건조한 말투로 대충 몇 가지를 더 확인하고는 다시 응급실로 들어갔고, 잠시 후 간호사가 내게 검정 비닐봉지에 담긴 뭔가를 건네주었다.

"사망자 분의 신발과 지갑입니다."

흙이 묻은 구겨진 신발과 빈 지갑. 응급실의 열린 문틈, 커튼 사이로 보인 낯익은 다리에서 벗겨낸 신발이었다. 그에게 남은 건 이게 전부였다.

남편은 죽기 전 어딘가를 돌아다닌 듯 신발이 잔뜩 더러워져 있었다. 평소 다리가 아파 거의 걷지 않을 뿐만 아니라 흙이 있는 길이라면 더욱 걷지 않는 그였다. 아마도 죽기 직전 아픈 다리를 끌며 주변을 걸은 모양이다. 신발에 흙이 묻는 것도 아랑곳하지 않고 그 길을 서성이며 도대체 무슨 생각을 했던 것일까? 삶과 죽음이라는 양 갈래 길을 두고 깊은 고민에 빠졌던 것이라면, 그 끝에서 '삶'이라는 결론을 내려주었더라면 얼마나 좋았을까. 나는 검정 비닐봉지에 담긴 그의 허망한 죽음을 바라보며 울고 또 울었다.

우는 것도 잠시, 또 가야 할 곳이 있었다. 경찰서에 가서 남편의 죽음과 관련한 조사를 받아야 했다. 그야말로 지칠 대로 지쳐 있었지만 미루거나 피할 수 없었다. 그저 빨리 이 고통스러운 시간이 지나가기만을 바라고 또 바랐다.

남편은 마지막 순간까지 자신이 하고 싶은 대로, 제멋대로 하고는 언제나처럼 뒷감당은 나의 몫으로 던져두었다. 아이들 때문에 간신히 버티고 있는 내게 폭탄을 안겨주고 간 느낌이었다. 게다가 이제는 화가 나도 따지고 싸울 수도 없다. 그가 이 세상에서 사라져버렸으니 말이다. 감당할 수도 없을 만큼 무거운 짐을 내게 모두 던져놓고 그는 혼자 훌훌 떠나버렸다.

나도 도망갈 수만 있다면 도망가고 싶었다. 어서 빨리 그와 관련한 모든 일에서 벗어나고 싶었다. 경찰들은 나를 어떻게 바라볼지 그것도 답답한 일이었다. 어디서부터 어떻게 자초지종을 이야기해야 할까. 내가 말하면 경찰이 믿어는 줄까. 경찰서로 향하는 택시 안에서 내 마음은 더 어지럽고 복잡해졌다.

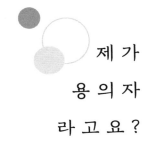

제 가
용 의 자
라 고 요 ?

경찰서 앞이다. 자살 유가족들이 거쳐야 하는 고통의 시간이
다. 남편 덕분에 나는 경찰서와 엮인 남다른 경험을 또 하게
생겼다. 셋째가 젖먹이였을 때도 나는 아이를 등에 들쳐 메고
경찰서에 가서 조사를 받은 적이 있다.

당시 남편은 사업에 큰 문제가 생기자 이렇다 할 설명도 없
이 우리 앞에서 사라졌다. 세 아이와 함께 덩그러니 버려진 나
는 무기력하게 경찰의 부름에 응해야 했다. 10여 년이 지난
지금도 나는 그때의 수치스러움을 또렷이 기억한다.

경찰서에 들어서니 마치 오래된 흑백영화에서나 나올 법한 장면이 연출되었다. 촌부가 아기를 들쳐 메고 사고를 친 남편 때문에 경찰서에 간 장면이었다. 더군다나 집으로 돌아오는 길에는 친절한 경찰 아저씨가 집 앞까지 데려다주었는데, 그 때 그 경찰차를 타고 집 앞까지 온 걸 몹시 후회했다. 타고 있는 내내 신호등에 걸릴 때마다 길을 가던 행인들이 경찰차에 탄 나와 등에 업힌 아기를 뚫어지게 쳐다보았다. 그들의 동그 란 두 눈에선 단순한 호기심을 넘어 한심스러워하거나 안쓰 러워하는 모순적인 눈빛이 동시에 뿜어져 나오는 듯했다.

당시 남편은 부동산중개업과 차이니즈 레스토랑, 비디오와 책 대여점 등 여러 가지 사업을 동시에 하고 있었다. 게다가 건축업자와 빌라를 짓는 일도 하고 있었는데, 워낙 일과 관련 한 이야기는 나에게 하지 않는 사람이라 그가 빌라 건축에 단 순 투자만 한 것인지, 직접적인 관여를 한 것인지는 아직도 불 분명하다.

여기저기 일을 벌여놓았던 그는 사업적인 부분에서 감당이 안 될 정도의 한계를 만난 것인지 하루아침에 사라져버렸다. 사람들은 부부가 짜고 남편을 어디론가 숨겼다고도 했지만 우린 그럴 만큼 친밀한 사이가 아니었다. 나야말로 어디에 있는지 알았다면 신고해서 대가를 치르라고 했을 것이다. 술만 마시고 다니며 가족은 신경도 안 쓰더니 고작 이거냐며, 그를 찾는 사람들에게 시원스레 내줬을 것이다. 부도가 나고 나서야 나는 남편 소유의 땅과 상가건물이 있다는 사실을 알았을 정도이니 오죽했을까.

젖먹이 셋째가 초등학교 고학년이 되었지만 나는 여전히 남편 덕분에 경찰서를 들락거리고 있었다. 더군다나 이번엔 '자살'이라는 더 끔찍한 이유로 말이다.

경찰서 입구 문을 밀고 들어서자 한 군데 불이 켜진 사무실이 보였다. 늦은 밤이라 당직 근무자만 있는 사무실인 듯했다.

"○○○ 씨 배우자입니다."

어떻게 왔냐고 물으면 끔찍한 그 말들을 또 해야 할 것 같아 미리 알렸다. 그리고 중죄인이라도 된 듯 고개를 숙인 채 말을 이어나갔다.

"병원에서 이제야 왔습니다."

"여기 앉으세요. 따뜻한 차 한 잔 드릴게요."

예의상 건네는 상투적인 말인데도 나는 눈물이 날 것 같았다. 힘들다, 슬프다, 막막하다와 같은 단순한 언어로는 감히 표현조차 되지 않는 이 무겁고 쓰리고 침울한 심정을 알아주

33

는가 싶어서 마음까지 따뜻해질 뻔했다. 물론 그건 나의 바람이자 착각이었다.

"남편 분의 휴대폰을 열어봤습니다. 손목을 그은 사진이 있던데 왜 그랬는지 말해주시겠어요?"

따뜻한 차 한 잔의 권유에 그저 감사하다며 땅바닥만 바라보고 있던 내게 경찰은 사무적인 말투로 질문을 이어나갔다.

"최근에 많이 싸우신 것 같던데 무슨 일이 있었는지 대충이라도 얘기해주시죠."

예상치도 못한 질문에 나는 너무나 당황했다. 남편과 주고받은 문자를 확인한 모양이었다. 이혼을 앞둔 부부가 평온하다는 것이 오히려 이상한 일인데, 남편과 내가 싸운 것이 뭐가 문제란 말인가. 손목을 그은 것이 과한 행동이라 해도, 그렇다고 아내인 내가 그를 죽음으로 몰아넣기야 했겠는가!

나의 강력한 이혼 요구에 남편은 손목을 긋는 초강수를 두었다. 그리고 그 상처를 사진으로 찍어 내게 보내왔다. 알 수 없는 불안감이 느껴졌지만 애써 외면했다. 그때 나는 대학 강의 시간에 "손목을 긋고 금방 죽는 것은 쉬운 일이 아니니 자살소동 같은 것은 일으키지 말라"고 했던 정신간호학 교수님의 말씀이 기억났다. 게다가 자신의 모습을 찍어 보낼 정도면 죽지는 않겠다는 생각도 들었다.

무엇보다 당시에는 나 역시 죽고 싶을 만큼 힘들었다. 추위와 배고픔에 지칠 대로 지친 사람이 길가의 걸인을 보며 안타까워하기란 쉽지 않다. 당장 나부터 굶어 죽고 얼어 죽게 생겼는데 다른 이의 고통이 보일 리 있겠는가. "이러면 안 된다", "힘들면 이혼은 좀 더 있다가 하자"라는 말로 더는 남편을 달래고 싶지 않았다. 그동안 수도 없이 그를 달래고 격려하며 위로하고 기다려주었다. 그리고 40년 이상을 살아온 서울에서의 모든 것을 버리고 그의 고향인 경상도까지 내려왔다. 낯설고 외로운 곳에서 나는 남편과 아이들만 바라보며 기다리고 인내했으나 그는 끝내 술과 친구들을 포기하지 않았다. 그래서 내가 먼저 그를 포기한 것이다.

남편은 유서를 남기지 않았다. 경찰이 처음 내게 그 이야기를 했을 때 나는 크게 신경을 쓰지 않았다. 남편의 죽음이 엄청난 충격이기도 했지만, 당시 최악의 상황으로 치닫던 남편의 처지를 알기에 유서가 없다는 게 크게 이상하진 않았다. 그런데 경찰은 유서가 없다는 사실을 나와는 전혀 다른 관점으로 해석했다. 유서가 없다는 것은 남편의 죽음이 타살일 가능성도 있다는 것이며, 만약 타살이라면 내가 유력한 용의자 중한 사람이라는 뜻이었다.

실제로 경찰 조사에서 경찰은 내가 남편을 살해했을지도 모른다는 전제로 여러 질문을 해왔다. "죄가 없는데 뭐가 겁이 나? 뭐가 두려워?"라고 말하는 사람들도 있겠지만, 나는 경찰이 내게 던지는 질문 하나하나가 무섭고 두렵고 힘들었다. 무엇보다 남편이 나 때문에 죽은 것 같은 죄책감이 드는 상황에서 그런 질문들을 받으니 섬뜩하기까지 했다.

경찰은 내가 남편의 자살로 인해 충격과 슬픔에 휩싸였을 것에 대해선 전혀 배려하지 않는 듯했다. 외려 내가 남편을 죽음으로 몰아넣은 사람임을 입증이라도 하려는 듯 질문을 멈추지 않았다. 남편의 자살 시점을 전후한 나의 행방을 세세히 묻고, 나의 대인관계에 대해서도 집요하게 물었다.

경찰의 질문에 진이 다 빠진 나는, 순간 경찰 조사를 받던 누군가는 억울하게 누명을 쓰고 죽었을 수도 있겠구나 하는 생각이 들었다. 만약 나 또한 그렇게 된다면 아빠의 갑작스러운 죽음에 겁먹고 울고 있는 우리 아이들은 이제 어떻게 되는 것일까? 수많은 생각이 스치며 두려움까지 엄습해오자 나는 어떻게든 그곳을 벗어나 아이들에게 가야 한다는 생각이 들었다.

나는 생각나는 대로 자세하고 솔직하게 다 이야기를 해주었다. 감출 이유도 없지만 무엇보다 최대한 빨리 아이들 곁으로 돌아가고 싶었다. 경찰은 서류에 첨부해서 보고해야 한다며 형식적인 질문을 한참이나 이어갔다. 길고 지루한 고문이었다. 죄가 없는데도 있다고 해야 끝날 것 같은 심문이었고, 우리 부부의 불편한 민낯이 만천하에 공개되는 수치스럽고 고통스러운 시간이었다. 무엇보다 그들의 무표정한 얼굴과 차가운 말투가 마치 나를 남편을 죽인, 혹은 죽음으로 몰아넣은 여자로 취급하는 듯하여 무척이나 당혹스러웠다. 덕분에 그때의 내 모습은 초라하기 짝이 없었고 처참했다. 곧 죽을 사람처럼 얼굴은 흙빛으로 물들었고, 초점 없는 눈빛은 삶의 의지마저 잃은 허망함으로 가득 차 있었다. 남편은 그렇게 마지막 순간까지 나를 시궁창으로 몰아넣고 떠났다.

길고 지루하고 집요한 질문들이 끝나자 친절한 경찰 아저씨가 또 경찰차로 집 앞까지 바래다주었다. 다행히도 늦은 밤이라서 신호등에 걸려 멈춰 섰을 때도 쳐다보는 행인은 없었다. 그리고 등에 업힌 아기도 없었다. 하지만 몸과 마음은 천근만근이었다. 10여 년 전 그때는 남편이 살아 있었으니 어떻게든 해결할 방법을 찾으면 됐다. 그러나 이제는 방법이 없다.

존재 자체가 없어졌으니 아무것도 할 수가 없다. 완전히 끝나고야 만 것이다.

집으로 향하는 경찰차 안에서 불현듯 대학원 수업 시간에 어느 교수님이 자살을 시도했던 학생에게 무심하듯이 한마디 던지셨던 게 떠올랐다.

"야! 가만히 있어도 언제가 죽는데 왜 힘들게 미리 당겨서 죽으려고 했냐?"

나 역시 남편에게 묻고 싶었다. 어차피 가만히 있어도 죽을 인생인데, 왜 힘들게 당겨서 죽음을 선택했니? 죽고 나니 역시 잘했다 싶니? 이렇듯 곤욕을 당하는 나를 보니 통쾌하니? 질문이 이어질수록 그에 대한 원망이 커져만 갔다.

나는 가능한 더 불쌍하게 보여야 했다

남편의 장례를 치르는 3일 동안 나는 고개조차 들 수 없는 죄인이 되어 있었다. 남편을 먼저 보낸 죄인에다 자살로 몰고 간 장본인이라는 생각 때문이었다. 가족의 자살, 특히 배우자의 자살은 살아 있는 한쪽 배우자를 가장 수치스럽게 하는 죽음의 방식이다. 남편의 죽음 역시 그랬다. 남편은 '자살'을 함으로써, 나를 뭔가 잘못한 아내, 뭔가 부족한 아내로 만들었고, 우리 아이들을 아버지에게 버림받은 자식으로 만들었다.

남편이 살아 있는 모든 여자가 부러웠다. 남편이 병들어 죽은 여자들도 부러웠다. 남편이 사고로 죽은 여자들마저 부러웠다. 남편이 자살한 나는 마치 남편을 죽인 여자 같았다. 그누구도 나에게 대놓고 말하진 않았지만 모두가 "혹시 저 여자 때문에 남편이 죽은 거 아니야?"라고 수군대는 듯했다.

당시 나는 시부모님, 그리고 친정엄마 외에는 남편이 자살한 사실을 알리지 않았다. 나의 친척이나 지인들은 물론 남편의 누나와 동생, 친척들도 모두 그가 술을 마신 채 차 안에서 자다가 심장마비로 죽은 줄 알았다. 시부모님 역시 굳이 사람들에게 사실대로 알릴 필요가 없다고 하셨다.

양쪽 부모님들 외에 유일하게 남편의 죽음이 자살임을 아는 사람이 있었다. 남편이 자살하던 날, 사무실에 출근하지 않는다며 내게 전화를 했던 친구가 남편의 자살 사실을 알게 되었다. 그 친구가 남편이 아침에 토치를 들고 나간 것과 죽음을 연결해 자살이라고 확신하며 물으니 당황한 내가 둘러대지 못하고 사실대로 말해버린 것이다.

장례식을 치르는 내도록 나는 그 친구에게 사실대로 말한 것을 후회했다. 그 친구는 다른 친구들에게 남편의 죽음이 자살임을 알렸고, 덕분에 장례식장을 찾은 문상객은 남편의 사인이 심장마비라고 알고 있는 사람들과 자살이라고 진실을 알고 있는 사람들로 나뉘었다. 나는 남편이 자살했다는 이야기가 퍼져나가 혹여 아이들의 귀에라도 들어가게 될까 봐 내마음을 졸여야 했다.

다행스럽게도 장례식장은 소란스러웠고, 두 부류가 서로 연결된 관계가 아니기에 아이들은 물론이고 나의 친척들이나 지인들, 남편의 누나와 여동생, 친척 등도 사실을 전혀 알아차리지 못했다.

나는 멍한 눈으로 남편의 영정사진과 그 앞에 상복을 입고 앉아 있는 아이들을 번갈아 쳐다보았다. 기가 막혔다. 넷이나 되는 아이들을 두고 어찌 세상을 등질 생각을 했는지 이해가 안 됐다. 게다가 살아 있다면 우리의 관계 개선을 위해 무엇이라도 해볼 수 있지만 이제 죽어버렸으니 그 어떤 것도 할 수 없는 처지가 됐다. 남은 사람들의 슬픔과 고통을 아는지 모르는지 사진 속 남편은 그 어느 때보다 편안해 보였다.

영정사진으로 쓸 최근 사진이 없어 간신히 찾아낸 사진은 10년도 더 된 것이었다. 살이 찌면서 남편은 자신의 사진을 찍지 않았다. 살찐 자신의 모습을 보는 것도 싫고 남기는 것도 싫은 듯했다. 덕분에 10년이나 젊은, 날씬하고 건강한 사진이 그의 영정사진으로 쓰였다. 사진 속 그 모습처럼 밝고 건강하게 우리 곁에 있어주었더라면 얼마나 좋았을까.

나는 내 아이들의 눈에서 눈물이 뚝뚝 떨어지는 것을 보고 있노라니 미안해서 견딜 수가 없었다. 도대체 내가 무슨 일을 저지른 건가 하는 자책마저 들었다. '조금만 더 참을 걸, 조금만 더 양보할 걸, 내가 너무 이기적이고 못나서 저 작고 여린 아이들의 눈에서 피눈물이 쏟아지게 하는구나'라며 울고 또 울었다. 더군다나 평소 말이 없던 셋째 딸아이의 눈에서 하염없이 눈물이 흘러내리는데, 심장이 찢어지듯 아팠다. 오빠들과 이야기를 하면서도 아이의 눈에서는 빗물처럼 눈물이 주르르 흘러내리고 있었다. 마음이 아파서 어떻게 해야 할지를 몰랐다. 정말이지 미칠 것만 같았다.

나는 아이들을 바라보며 하염없이 울다가 멍하니 있다가를 반복하고 있었다. 그러던 중에 누군가가 입관식을 한다며 나와 큰아들을 불렀다. 나는 입관식을 하는 방 앞까지 가서는 멈춰 섰다. 큰아이에게 우린 들어가지 말자고 했다. 아이에게 아빠의 마지막 모습을 차갑게 식어버린, 죽은 모습으로 기억하게 하고 싶지 않았다.

나 또한 그런 남편의 모습을 보는 것이 자신이 없었다. 차라리 기억해야 한다면, 살아 있을 때의 모습을 기억하고 싶었다.

그리고 무엇보다도 나는 그에게 화가 나 있었다. 그의 마지막 모습을 거부함으로써, 당신이 아무리 발버둥 쳐봐야 내 마음은 이미 당신에게서 떠났다는 걸 보여주고 싶었다.

입관식을 하는 방 앞에서 남편 친구들의 우는 소리가 들렸다. 어처구니가 없었다. 저것도 의리라고 울어주고 있구나 싶었다. 그들은 모두 남편과 함께 술을 마시며 어울렸던 사람들이었다. 내가 여러 차례 '남편은 건강이 많이 안 좋으니 술을 권하지 말고, 마신다고 해도 말려달라'고 부탁했다. 하지만 그들은 전혀 개의치 않고 거의 날마다 함께 부어라 마셔라 했다. 그래놓곤 이제 와서 저리 서글피 울다니! 내 귀에는 그냥 의미 없는 소리로 들렸다. '함께 술 마시던 친구, 술값 잘 내는 호구 같던 친구가 갔으니 섭섭하겠지!'라는 비난의 마음만 들었다.

사실 나는 누군가 원망할 사람을 찾고 싶었던 듯하다. 사람들은 남편의 술친구들이 아닌 나를 그런 시선으로 바라보고 있었을 테니 말이다. 장례식 내내 '사람들이 나를 얼마나 사악한 여자로 볼까?'라는 생각에서 벗어날 수가 없었다. 왠지 남편이 술을 마시고 방황했던 것도 내가 집안을 편안하게 못 해주니 그랬을 거라고 손가락질하고 있을 것 같았다. "애는

43

또 왜 저리도 많이 낳았을까?", "이래저래 남편이 어깨가 무거웠겠구면" 등등 온갖 비난의 소리가 들리는 것 같았다.

　나는 더 슬퍼 보이고 더 초라해 보여야 했다. 그래야 그들에게 덜 비난 받을 것 같았다. 다행히도 장례식 내내 나의 모습은 10년은 더 늙어 보이는 듯했다.

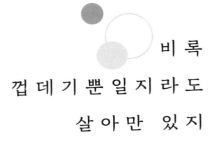

비 록
껍 데 기 뿐 일 지 라 도
살 아 만   있 지

"어쩌면 좋아! 어쩌면 좋아! 야, 이놈아! 젊은 놈이 이게 뭐야!
야 이 나쁜 놈아!"

장례식장 입구에서부터 시작된 엄마의 통곡은 장례가 치러
지는 내도록 이어졌다. 엄마는 사위의 영정사진을 보면서 욕
을 하며 울다가, 딸과 손주들을 쳐다보면서 깊은 한숨을 토해
내며 울기를 반복했다.

"이게 뭐냐! 이게 무슨 일이냐고! 이 꼴이, 이게 뭐냐고! 어
떡하면 좋아! 어떡하면 좋아!"

상복을 입은 나와 아이들의 모습에 엄마는 아예 땅바닥에 철퍼덕 주저앉아 울기 시작했고, 그 뜨거운 눈물에 우리도 따라 울었다. 눈물로 쪼그라든 엄마의 얼굴은 마치 바닷가에서 오래 살아 주름이 깊게 팬 할머니처럼 초라하고 늙어 보였다. 어릴 때 나를 때리고 나무라던 힘세고 무서운 엄마의 모습은 그 어디에서도 찾아볼 수 없었다. 딸의 아픔에 통곡하는 엄마는 한없이 작고 연약해 보였다.

"나도 엄마 없는 설움이 싫어서 아무리 힘들어도 참고 살았는데, 그렇게 가버리면 어떡하냐! 이제 저 애들 어떡하면 좋냐구! 야, 이놈아! 네 자식들을 이제 어떡하면 좋냐구! 애비 없는 자식들을 만들어 놨으니 이제 어쩌면 좋냐구!"

남편의 영정사진을 향해 고래고래 소리를 지르며 오열하는 엄마의 모습을 보고 있노라니 나 또한 눈물이 멈추지 않았다. 엄마가 그토록 남편과 헤어지라고 해도 끝내 헤어지지 않고 결혼생활을 이어왔던 것이 이런 끔찍한 결과를 낳을 줄 누가 알았겠는가. 엄마에게 미안하고 또 미안했다.

이젠 비록 껍데기뿐일지라도 내 어깨를 감싸줄 남편이라는 사람이 없다. 외려 내가 감싸 안아야 할 여리디여린 네 명의 아이들만 있었다. 순간, 영정사진 속에 있는 남자와 사랑을 하고 결혼을 해서 아이를 넷이나 낳았다는 사실이 부끄럽고 후회스러웠다. 나의 과거를 지울 수만 있다면 종이가 찢어질 정도로 온 힘을 다해 지우고 싶었다. 과거로 돌아갈 수만 있다면, 그의 청혼에 눈썹 한 올 흔들리지 않으며 냉정히 거절했으리라.

"화장하러 들어갑니다. 이제 마지막입니다!"

3일간 이어지던 장례식이 모두 끝나고 화장터로 이동했다. 남편의 화장을 알리는 누군가의 말에 나는 갑자기 마지막 설움을 토해내듯 악다구니를 쓰며 통곡을 해댔다.

"그냥 가면 어떡해! 그냥 가면 어떡하냐고! 큰애랑 풀고 가야지! 작은애랑 풀고 가야지! 나랑 풀고 가야지! 이 나쁜 놈아! 그냥 가면 어떡해? 나한테 왜 이래? 당신 도대체 나한테 왜 이러냐고! 왜! 왜! 내가 뭘 잘못했냐고! 우리 자식들은 어떡해? 불쌍한 내 자식들 어떡하냐고!"

눈물과 콧물이 범벅된 채 고래고래 소리를 질러대던 나는 급기야 남편의 관 앞에 드러누워 나뒹굴었다. 그 순간만큼은 다른 사람의 시선 따윈 안중에도 없었다. 그가 떠나기 전에 멱살이라도 잡고 싶은 심정이었다. 멱살을 움켜쥐고 어떻게든 대답을 듣고 싶었다. 도대체 왜 그랬는지! 그 뻔뻔한 태도는 어디로 가고 비겁하게 사라지려고 하는 건지 묻고 싶었다.

친지들이 나를 부축해서 일으키며, '어차피 가는 사람이니 편하게 보내주자'라고 했지만 나는 결코 그러고 싶지 않았다. 나는 너무나 억울했다. 사는 동안 나를 그토록 힘들게 하더니 죽어서까지 본인만 편하게 가려는 듯해서 나는 절대 그를 편하게 보내주고 싶지가 않았다. 게다가 첫째와 둘째 아들이 사춘기를 지나는 동안 아빠로서 따뜻이 품어주기보다는 혼내고 윽박지르며 대한 일들이 많았던 탓에 아이들은 가뜩이나 아빠와 멀어져 있었다. 나는 아이들의 그런 응어리진 마음도 풀어주지 못한 채 덜컥 떠나버린 그에게, 잘 가라고 편히 가라고 손을 흔들어줄 마음이 전혀 없었다.

"아이고, 이 불쌍한 것들을 이제 어쩌나!"

엄마는 장례식을 마치고 차마 그냥 서울로 갈 수가 없었던지 우리 집에 한동안 계시면서 아이들과 나를 보살펴주셨다. 엄마는 아비 없는 세상을 살아가야 할 어린 손주들이 애잔하고, 무엇보다 아직 젊은 나이에 혼자된 딸이 불쌍하고 안쓰럽다며 끊임없이 눈물을 흘리셨다. 남편이 죽기 몇 해 전에 친정 아버지가 돌아가셨는데, 그 슬픔까지 겹쳐서 마음이 더 안 좋으셨던 모양이었다.

나의 친정아버지는 성품이 부드럽고 온화하시며, 그야말로 선비와도 같이 착하신 분이셨다. 나의 아버지이지만 늘 의문스러울 정도였다. 아내의 잔소리에도 묵묵히 참고 웃어주시던 아버지. 자식들이 하나같이 속을 썩일 때도 끝없이 믿어주시고 앞으로 더 잘 될 거라고 말해주시던 아버지. 가족에게 언제나 양보하시고 참으시던 모습이 존경스럽다 못해 신기할 정도였다.

"너희 아버지가 나에게는 선물이었는데 그걸 몰랐다! 너희 아버지 같은 사람은 이 세상에 없다."

아버지가 돌아가시고 나서 엄마는 우리에게 이런 말을 하면서 눈물을 터뜨리셨다.

"에고, 내 새끼. 이제 너는 어찌 사느냐? 남편 없이 이 세상을 어찌 살아가느냐고!"

엄마는 당신의 그 슬픔과 똑같이 내가 아플 거라고 생각하셨던 모양이다. 남편을 잃은 딸을 걱정하느라 식사도 거의 안 드시는 통에 내가 오히려 엄마를 위로하고 달래야 했다.

"엄마! 나는 엄마가 아버지를 잃으셨을 때와는 많이 달라요! 어떻게 생각하면 혼자가 더 나을 정도예요! 물론 그렇게만 죽지 않았다면 좋았겠지만 말이야. 그리고 앞으로 더 좋은 사람 만나서 행복하게 잘 살지 어떻게 알고 그렇게 울어요."

나는 그렇게 억지로라도 희망을 만들어내며 엄마를 달래야 했다. 장례식이 끝나고 나자 엄마는 상주인 나보다도 더 얼굴이 상해 있었다. 집에 와서까지 식사를 제대로 못 하시니 점점 더 여의어가셨다. 그런 엄마의 모습을 보며, 문득 자식의 아픔에 부모는 몇 배로 더 아파할 수밖에 없는 존재인 듯해 씁쓸하기까지 했다.

"누워만 있는 남편이라도 살아는 있어야 한다는데……."

엄마는 누워만 있어도 남편이 살아 있어야 한다는 옛날 말만 대뇌며 딸인 나의 미래까지 미리 걱정하면서 슬피 울고 있었다. 나중에서야 그 말이 틀린 말이 아님을 뼈저리게 절감했지만 당시엔 허울뿐인 남편과 아빠가 무슨 소용인가 싶어 크게 공감이 되지 않았다.

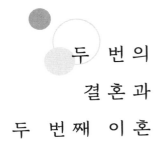

두 번의
결혼과
두 번째 이혼

우리 부부는 남편이 자살하기 1년 전에 이미 한 번의 이혼을
했었다. 술에 빠져서 가정은 물론이고 자신의 건강마저도 안
중에 없는 그가 너무나 밉고 싫었다. 강력하게 이혼을 요구하
는 나에게 남편은 당시에도 자살 카드를 내밀며 완강히 거부
했지만 내 마음은 변하지 않았다.

　나는 술을 끊고 정신을 차리면 재결합을 하겠다는 조건으
로 남편을 구슬렸고, 그는 마지못해 받아들였다. 그런데 이혼
후 그는 정말 술도 거의 마시지 않고 평소 과체중이었던 몸무

게를 운동과 식이요법을 병행하여 40킬로그램 가까이 감량했다.

놀랍고 기뻤다. 이혼을 계기로 이젠 정말 남편이 정신을 차린듯하여 나는 다시 그에게 마음을 열어주기로 했다. 게다가 아이들에게 아빠와 생이별을 하여 없는 것처럼 살게 하는 것도 못 할 짓이었고, 그의 지병도 점점 악화되고 있었기에 여러 가지를 고려해 이혼한 지 1년 만에 다시 혼인신고를 하고 합치게 되었다.

혼인신고를 하고 다시 살림을 합친 다음 날부터 남편은 거짓말처럼 이전의 모습으로 돌아갔다. 사람은 절대 바뀌지 않는다더니, 그 말이 딱 맞았다. 자제했던 술을 다시 마시기 시작했고 예전과 조금도 다름없이 술에 취해 비틀거리는, 방탕한 생활을 시작했다. 그때 느낀 절망감과 배신감은 이루 말할 수 없을 정도로 강력했다.

마음 같아서는 당장에 남편과 갈라서고 싶었지만 그는 아직 어린 네 아이의 아버지였다. 그와의 첫 번째 이혼에서 나는 아이들에게서 아빠를 잃게 한 것이 아닌가 하는 후회를 많이 했었다. 게다가 그의 지병이 악화되고 있었기에 아이들과 함께할 시간이 얼마 남지 않았을 수도 있다는 안타까움도 컸다.

나 하나만 참으면 모두가 다시 행복해질 수 있을 것이란 기대로 시작한 남편과의 두 번째 결혼 생활은 내게 더 큰 실망감과 절망감을 안겨주었다. 살림을 합침과 동시에 다시 술을 마시기 시작한 그의 몸은 점점 더 만신창이가 되어가고 있었다. 급기야는 양쪽 두 다리 정강이에 생긴 손바닥만 한 상처가 아물지 않아 통증이 극심해졌고, 상처 부위에 마취제를 바르며 겨우 통증을 줄이고 있었다.

내게 그런 남편의 모습은 안타까움이 아닌 한심함으로 다가왔다. 가뜩이나 좋지 않은 건강에 술까지 매일 마셔대니 몸이 만신창이가 되는 것은 당연한 일이었다. 그럼에도 남편은 다시 술을 마시며 자신을 망가뜨리고 나와의 관계도 벼랑으로 밀고 있었다. 병원에서 심리상담도 받아보고 각종 부부 세미나에도 참석해서 도움을 받았지만 끝내 그의 과다한 음주 문제는 해결되지 않았다.

그가 술을 끊고 행복한 가정을 꾸리는 건 애초에 불가능한 일이었다. 자그마치 25년 동안이나 나는 그날을 기대하며 그 긴 시간을 고통 속에서 허우적거리며 흘려보냈다. 그것도 아이를 넷이나 낳으면서 말이다.

그와 이대로 계속 함께하다가는 나까지 몸과 마음이 피폐해져서 아이들을 제대로 양육조차 할 수 없을 것 같았다. 가정이란 허울을 유지하기 위해 버티다간 아이들까지 망칠 수 있다는 위기감이 느껴지자 나는 더는 망설일 필요도 미룰 이유도 없다는 판단이 들었다. 더욱이 알코올 중독이란 내가 고칠수 있는 질환이 아니라는 결론에 도달하자 더는 시간을 지체할 수 없었다.

나는 최선을 다했다. 그가 술을 줄이고 건강한 생활을 하도록 어르고 달래며 부탁도 해봤고, 믿고 기다려주기도 했고, 다시 기회도 주었다. 그것은 단순한 기다림이 아닌 희생이며 인고의 시간이었다. 나는 이제 그 정도면 충분하다고 판단했다. 더 했다간 내가 죽을 것만 같아서 그에게 다시 이혼을 요구했고, 그는 처음보다 더 완강하게 거부했다. 이번에 헤어지면 영영 끝이라고 느낀 듯했다.

그에게 다시 이혼을 요구했지만 나는 우리가 완전히 남이될 순 없다는 것을 잘 알고 있었다. 아이를 넷이나 둔 부부가어찌 남이 될 수 있겠는가. 더군다나 그는 바람 앞의 촛불처럼여린 숨결을 이어가는 불치병 환자가 아니던가.

두 번째 이혼을 요구했지만 나는 어쩌면 그것이 우리의 새로운 시작을 열어줄지도 모른다는 일말의 기대를 품고 있었다. 남편이 당찬 의지로 술을 끊고 건강한 생활로 돌아온다면 다시 기회를 주려고 했다. 아무리 미워도 그는 아이들의 아빠이니 다시 건강한 생활을 유지한다면 나는 받아주려 했다. 그래서 남편에게 열심히 사는 모습을 보여주면 다시 합친다고도 했다. 하지만 그는 내가 다시는 자기와 합치지 않을 것 같다고 했다. 나는 이별을 통해 다시 시작할 기회를 그에게 주려고 한 것이지만 그는 그것을 완전히 끝이라고 여긴 모양이었다.

상 처 가
배 우 자 를
고 른 다

스물셋의 어린 나이에 남편과 결혼을 결심하며 나는 그 누구
보다 행복하게 살고 싶었다. 우리가 서로를 얼마나 사랑하는
가는 그리 중요하지 않았다. 그저 23년 동안 나를 옥죄던 친
정엄마에게서 벗어난다는 사실만으로도 나는 충분히 행복할
것만 같았다.

　어린 시절의 나는 온갖 욕설은 물론 인격을 모욕하는 폭언
과 폭력에 고스란히 노출되어 있었다. 그것도 내게 가장 힘이
되고 보호막이 되어주어야 할 엄마로부터. 그런데 그것은 비

단 나만의 문제가 아니었다. 학대에 가까운 엄마의 폭언과 폭력은 우리 4남매 모두에게 너무나 끔찍한 고통이었다.

밤이면 매를 흠씬 두들겨 맞고 울면서 잠자리에 들고, 다음 날엔 엄마의 욕설과 폭언으로 아침을 여는 것이 우리에겐 일상이 되어 있었다. 오죽하면 나는 더 이상 눈이 떠지지 않기를, 그냥 조용히 죽은 채 아침을 맞이하기를 기도하기까지 했을까.

나는 나를 쪼그라들게 만드는 엄마라는 존재로부터 얼른 도망치고 싶었다. 고등학교와 대학을 다니면서 공부를 핑계로 최대한 늦게 집에 들어갔다. 그리고 언젠가부터는 아예 집에 안 들어갈 순 없을까를 고민했고, 그 답으로 결혼을 떠올렸다. 결혼을 하면 더는 엄마의 폭언과 폭력을 당하지 않아도 됐고, 시끄럽고 불편한 집에서도 벗어날 수 있다는 생각이 들었다. 그래서 나는 대학 때 처음 사귄 첫 남자, 게다가 "나중에 크면 때리는 놈한테나 시집가라!"시던 엄마의 저주와도 같은 폭언에 보란 듯이 한 방 먹여주고자 아픈 남자를 선택했다. 연애 시절에 남편은 자신의 지병을 내게 고백했었다. 다른 여자들 같으면 아주 슬퍼하거나 도망쳤을 문제에 나는 차라리 다행이다 싶었다. 최소한 엄마의 저주는 통하지 않으리란 생각이 들었다.

훗날 엄마께 왜 어린 나에게 그런 말을 했느냐고 여쭈니, 내가 말을 안 들으니 화가 나서 그러셨단다. 홧김에 한 말이셨지만, 나는 그 말이 몹시 두려웠고 가슴에 박혔다. 그래서인지 나는 무의식 속에서, 나를 때리지 못할 병든 사람을 찾고 있었는지도 모른다.

지금 생각해보면 어처구니없는 생각이 아닐 수 없다. 어떻게 결혼이라는 그런 중대한 결정을 비이성적으로 할 수 있었는지 모르겠다. 어쩌면 상처받은 내가 나의 상처를 치유하지 못한 채 피 흘리며 누군가를 찾으니 나와 똑 닮은, 피 흘리는 그를 찾아낸 게 아닌가 하는 생각이 든다. 몸도 마음도 건강하고 온전한 내가 온전한 눈으로 배우자를 찾았다면 적어도 '아픈 남자'라는 비정상적인 기준을 우선하여 배우자를 고르진 않았을 테다.

남편의 자살 이후 심리상담을 받으며 만났던 선생님께서 "상처가 배우자를 고른다"는 말씀을 해주셨다. 너무나 공감되는 말이었다. 당시 나는 내 상처의 깊이만큼, 비슷한 상처를 가진 사람을 선택했다. 만약 내가 상처가 치유된 상태로 배우자를 찾았다면 그만큼 몸도 마음도 건강한 사람을 선택했으

리라. 남편과 나의 첫 단추가 나의 어린 시절 상처로부터 비롯
되었다는 것이 너무나 미안하고 안타까웠다. 애초에 내가 그
를 거절했더라면 우리에게 이런 불운한 일은 벌어지지 않았
을지도 모른다는 생각에 한동안 가슴이 아팠다.

상처받은 나의 어린 시절은 오래도록 치유되지 못한 채 내
게 고스란히 머물렀고, 나를 자라지 못한 어른아이에 머물게
했다. 남편의 늦은 귀가와 중독에 가까운 술에 대한 집착도 내
가 못나고 부족해서라는 생각까지 들었다.

물론 내가 부족한 점이 있는 것도 사실일 테지만, 당시는 지
나치게 나 자신을 비하했었다. 그 비참함에 어릴 때처럼 죽고
싶다는 생각이 들기도 했고, 급기야는 심각한 우울증으로 몸
도 마음도 축 처져서 이불 속만 찾기도 했다. 잠을 자는 동안
은 꿈이라도 꿀 수 있기에 적어도 깨어 있는 것만큼 불행하지
는 않았다.

어린아이가 어른이 되는 동안 나는 한 번도 내가 소중한 존
재라고 생각해본 적이 없다. 그도 그럴 것이, 엄마는 "네가 태
어나는 날부터 이 집구석이 재수가 없었다. 너 죽는 날이 내
생일이다"와 같이 나의 존재 자체를 부정하는 말들을 서슴지
않았다. 심지어 입버릇처럼 내게 "나가 죽어라!"라고 하셨고,

심지어 학교에 갔다 온 나에게 "왜 안 죽고 살아왔느냐"고 했었다. 물론 내가 동생들과 싸우고 짜증을 내고 말을 안 듣는 등 엄마의 속을 썩였으니 그랬을 것이다. 그럼에도 그러면 안 됐다. 엄마의 잘못된 양육 태도 때문에 나는 어릴 때는 물론 어른이 되고 나서도 조금만 힘들면 그저 죽고 싶다는 생각만 했다. 나는 살 가치가 없는, 못난 인간이라는 생각에서다. 그래서 남편이 날 좋다고 할 때도 나 같이 못나고 부족한 사람을 왜 좋아하는지 이해가 안 됐다.

그는 나라는 못난 사람의 실체를 잘 몰라서 좋아하는 것일 테고, 결혼까지 하려는 것일 테다. 그러니 그가 아픈 사람이라 할지라도 무조건 그를 잡고 이 집에서 탈출해야 했다. 그런데 결혼은 탈출구가 아니라 또 다른 고통의 연속이었다. 이전에는 학교에서 늦게 오는 등 친정엄마만 피하면 그런대로 괜찮았다. 하지만 결혼생활은 피한다고 될 일이 아니었다. 늘 술에 취해 새벽이 되어서야 집에 들어오는 남편을 참아내야 했고, 넷이나 되는 아이들을 이른 아침부터 밤까지 오롯이 혼자서 돌봐야 했다.

저녁 6시가 되면 곧장 집으로 향하는 다른 집의 남편들, 아파트 창문 너머로 보이는 가족들의 따뜻한 저녁 식사, 주말이면 아내와 아이들과 함께 장을 보러 가는 아빠들, 저녁 시간이면 나란히 아파트 산책로를 걷는 다정한 부부들을 보면서 나는 내가 얼마나 복이 없고, 사랑받지 못하는 여자인지를 절감하며 작아지고 또 작아졌다. 결혼을 하고 네 아이의 엄마가 된 후에도 내 안에서는 여전히 자라지 못한 어른아이가 있었다. 그 아이는 "네가 얼마나 못나고 보잘것없는 여자인지 잘 알지?"라며 나를 끝없이 갉아먹고 있었다.

남편은 나와는 완전히 다른 방식의 성장기를 보냈지만, 그 상처만큼은 나와 너무나 닮아 있었다. 그는 아버지로부터 많은 상처를 받은 사람이었다. 그는 아버지가 어머니에게 폭력을 쓰거나 학대하는 모습을 보고 자랐다고 했다. 또한 그 자신도 아버지로부터 끝없이 비난을 받았다. 공부도 꽤 잘하고 크게 빗나간 행동을 하지 않았음에도 그는 밥을 흘리고 먹는다, 옷을 깔끔하게 입지 못한다, 많이 먹는다와 같은 잡다한 이유로 수시로 혼이 났다. 그의 아버지는 마흔이 넘은 아들에게 몸무게를 줄이라며 목표를 제시하곤 돈까지 걸었다. 그래서 그런지 그는 아버지 앞에서는 주눅 든 초등학생처럼 어리숙해 보였다. 내 앞에서의 당당한 모습은 온데간데없는, 아버지 눈치만 보는 소심한 어린아이 같았다.

게다가 우리 둘은 나머지 한쪽 부모마저 제 역할을 제대로 하지 못한 상황에서 자랐다. 나의 친정아버지는 온순하고 다정하신 대신 아내가 자식들에게 걸핏하면 욕설과 폭언을 하고 폭력을 행사하는 것을 그냥 보고만 있었다. 아버지는 분란을 싫어하는 성격만큼이나 아내와 자식들의 일에 개입하지 않는, 방임주의자였다. 이에 비해 남편의 어머니는 아들을 지나치게 과잉보호했다. 같은 피해자였던 그 어머니는 폭력적이고 강압적인 남편에게서 아들을 대놓고 지킬 순 없더라도 뒤에서라도 살뜰히 챙겨야 한다고 생각했던 듯하다.

남편은 어릴 때부터 어머니로부터 과잉보호와 과잉사랑을 받으며 자란 사람이었다. 원하는 것, 갖고 싶은 것이 있으면 그의 어머니는 어떻게든 그것을 즉시 채워주었다. 딸 셋 사이에서 귀하게 얻은 외동아들이라 그런지 그의 어머니는 그야말로 애지중지하며 아들을 키웠다. 심지어 우리가 결혼할 때도 내가 별로 마음에 들지 않았지만 당신 아들이 좋다고 하니 반대하지 않고 허락을 했다.

어쩌면 아들에 대한 어머니의 과한 사랑이 우리 부부를 파국으로 몰아넣은 것인지도 모른다. 시어머니는 아들에 대한 과도한 집착은 물론이고, 내가 하는 일마다 사사건건 꼬투리를 잡고, 아들에게 나에 대한 불만들을 수시로 이야기했다. 게다가 남편은 그런 상황에서 나를 감싸주는 게 아니라 오히려 함께 비난했다. 내가 어쩌다가 옷을 한 벌 사도 시어머니는 아들에게 나를 낭비가 심한 여자라고 험담을 했다. 멀리 떨어진 지방에 사는데도 한 달에 한 번씩 서울에 올라오셔서는 냉장고며 장롱이며 구석구석 열어보며 잔소리를 하고 험담을 했다.

언젠가 한 번은 이런 일이 있었다. 남편이 과일을 사 왔는데 차라리 무를 먹는 게 나을 정도로 맛이 없었다. 술에 취한 상태이니 양심이 불량한 장사꾼은 좋지 않은 제품을 남편에게 떠넘길 때가 많았다.

과일을 깎던 나는 시어머니에게 드리기 전에 미리 맛을 보며 "이 과일은 맛이 없네요"라고 했다. 시어머니는 손사래를 치며, "그런 말을 하면 애비가 앞으론 과일을 안 사오니까 맛이 없단 소리는 일절 하지 말라"라고 하셨다. 듣고 보니 옳은 말인 것 같아 남편에겐 별다른 말을 하지 않았다. 그런데 한참 후에 방에서 시어머니가 남편에게 "쟤가 네가 사 온 과일이 맛이 없다더라. 다시는 과일 같은 거 사다 주지 마라!"라고 하시는 게 아닌가! 순간 너무 놀라고 어이가 없어서 말이 안 나왔다. 나에게 했던 말과 너무도 다른 행동을 하는 시어머니를 더는 믿을 수 없었다.

　아들에 대한 어머니의 사랑만큼이나 어머니에 대한 아들의 사랑도 극진했다. 남편은 늘 아버지의 폭력에 노출되어 살았던 자신의 어머니가 안쓰럽고 불쌍하다고 했다. 그 때문인지 남편은 나와의 사이에서 무조건 그의 어머니 편을 들었고, 무슨 일이 생길 때마다 그의 어머니와 의논했다. 이해할라치면 할 수도 있겠지만, 그는 이미 결혼을 해서 아내와 아이들이 있는 사람이었다. 어머니를 위하고 사랑하는 만큼 우리 가족도 위하고 사랑했어야 했다. 그러나 그는 술독에 빠져 사느라 자신의 아이들이나 아내에게조차 시간과 마음을 쓸 여력이 없는 사람이었다. 그런 그가 무조건 어머니만 두둔하고 위하니 내 마음이 좋을 리가 없었다.

　한동안 나는 부부가 함께 저녁에 운동을 하거나 산책을 하는 사람들이 부러워 남편에게 시간을 내어 아파트 안에서 산책이라도 하자고 했다. 그런데 남편은 매번 나의 제안을 거절했다. 아침에는 내가 아이들의 밥을 차려주고 학교에 보내야 하니 시간이 안 맞을 것이라고 하고, 저녁에는 그가 항상 약속이 있으니 또 시간이 안 맞는다는 것이다. 그런데 그는 자신의 어머니가 아침에 함께 운동하자고 하면 사무실에 일찍 나가는 척하며 함께 운동도 하고 산책도 했다.

　매번 이런 식이니 나는 남편에 대한 서운함을 넘어 과연 우리가 부부가 맞는지 회의감까지 밀려왔다. 인격과 인격이 만나고 마음과 마음이 만나는 그런 온전한 만남이 아닌 듯하여 그와 사는 게 고통스러웠다.

　어머니와 아들 사이의 비정상적인 스킨십도 나는 끔찍하리만큼 싫었다. 이미 성인이 되고 결혼을 하여 자식까지 둔 다 큰 남자가 걸핏하면 어머니 무릎에 누워 젖가슴을 만졌다. 그 문제로 여러 번 다투기도 했는데, 남편은 내 엄마의 가슴인데 뭐가 문제가 되느냐며 외려 화를 냈다. 그뿐만이 아니다. 어느 새벽에는 물소리가 나서 깨어보니 남편이 자리에 없었다. 그는 새벽에 일어나 샤워를 할 사람이 아니었다. 그런데 시어머니도 자리에 없었다. 욕실에서는 두 사람의 목소리가 들렸다. 마흔이 넘은 아들을 새벽에 깨워 욕실에 데려가 목욕을 시킨 것이다. 도무지 이해가 안 갔다. 시아버지도 버젓이 살아 있는데 저 시어머니는 왜 저렇게 아들을 붙잡고 있는지 의문스러웠다.

　나중에 심리학 공부를 하면서 이 문제에 관해 어느 정도는 그 심리적인 배경을 알 수 있게 되었다. 시아버지와 시어머니는 평소 사이가 좋지 않으셨다. 성향이 완전히 반대인 분들이라 서로 너무나 안 맞는 부부였다. 시어머니는 아들을 통해 남편에게서 받지 못한 사랑과 관심을 보상받으려는 것이었다. 남편 역시 자신의 아버지가 채워주지 못한 사랑을 아들인 자신이 대신 채워주어야 한다는 심리가 컸던 것 같다.

우리는 부부였지만 둘 다 성숙하고 독립된 온전한 인격체로 만나지 못했다. 엄마의 폭력과 폭언이 싫어 도망치듯 결혼을 선택한 나, 결혼하고도 늘 그 등에 자신의 어머니를 짊어지고 사는 남편이나 크게 다를 바가 없었다. 그는 그의 어머니에게서 독립하지 못한 어린 아들이었고, 나 역시도 친정에서 독립하지 못한 어린 딸이었다.

'결혼은 두 사람이 아닌 여섯 사람이 하는 것이다'라는 말이 있다. 결혼은 연애와는 달리 남녀 두 사람의 맺음이 아닌 양가의 결합이라는 의미에서 나온 말일 것이다. 그런데 이 말은 심리학적으로도 해석이 가능하다. '나'라는 사람의 자아상에는 분명 그 아버지와 그 어머니의 상이 녹아 있다. 예컨대 나를 혼내고 비난했던 부모에게서 자랐다면 나는 힘들고 실수할 때마다 그 부모의 상이 투영돼 자신을 계속해서 비난하고 벌줄 것이다. 그래서 겉으로는 남자와 여자 둘이서 결혼하는 것처럼 보이지만 심리적으로는 남자의 부모님과 여자의 부모님까지 합쳐져 여섯 명이 결혼하는 것이다.

남편과 나처럼 그 부모의 자아상마저 병든 상태라면 어지간한 노력이 아니고서는 행복한 결혼생활을 유지하는 것이 어렵다. 특히 남편처럼 그 공허함을 술로 채우려 하고 나처럼 마음을 꽁꽁 닫아버리는 것으로 자신을 보호하는 사람들은 결국 배우자에게도 큰 상처와 고통을 주게 된다. 처음엔 비슷한 상처로 인해 서로에게 강하게 끌리겠지만 결국 그 상처 때문에 서로에게 고통을 주게 되는 것이다. 그래서 상처가 많은 사람일수록 결혼해서 가정생활이 또 다시 고통인 경우가 많다.

더군다나 남편과 나는 자신을 싫어하는, 낮은 자존감의 소유자였다. 그래서 결혼생활 내내 서로를 비난하며 단점을 들춰내기 바빴다. 나의 부족함과 못남을 들키기 싫어 외려 상대를 흠집 내고 짓이겼다. 각자 옳다고 생각하는 기준으로 서로를 평가하며 무시했다. 그것은 행복으로 가는 길과는 거리가 멀었다. 함께할수록 비참해지는, 지옥이 따로 없는 시간이었다.

내가
당신을
사랑하는 법

내가 아이들을 넷이나 데리고 다니는 걸 보면 어르신들은 신기해하며 물으신다. 모두 내가 낳은 아이 맞느냐며 말이다. 그렇다고 답해드리면, 요즘처럼 하나도 낳기 싫어하는 세상에서 나라에 애국했다며 상을 받아야 한다고들 하신다. 그런 소리를 수도 없이 많이 들었다. 그러나 나는 나라에 애국하려고 아이들을 낳은 게 아니었다.

돌이켜보면, 나는 내게서 멀어지는 남편의 마음을 아이를 통해 어떻게든 붙잡으려고 했던 듯하다. 첫아이를 낳고 1년이 되기까지 우린 몹시도 많이 싸웠다. 남편은 지방에 계신 시어머니와 매일 통화를 해 중요한 일은 물론이고 사소한 일까지 전할 정도로 친밀한 사이였다. 게다가 하루가 멀다고 술에 취해 들어오니 나는 더더욱 소외된 기분이었다. 남편은 남편대로 늘 뾰로통한 얼굴로 있는 나긋나긋하지 못한 내가 불만이었고, 이런 수많은 이유로 우린 이혼까지 생각하며 싸워댔다.

급기야 남편은 다니던 회사까지 관둬버려 실직자가 됐고, 늘 아들과 가까이에서 살고 싶어 하던 시어머니는 이때다 싶었는지 고향으로 내려와 살기를 권유했다. 태어나서 한 번도 서울을 벗어난 적이 없는 내게 남편의 고향인 경상도는 너무나 멀고 낯선 곳이었다. 시어머니는 내게 고향으로 내려만 오면 내 명의로 아파트를 한 채 사주겠다고 했고, 남편에게도 함께 사업을 하자며 적극적으로 설득했다.

우여곡절 끝에 남편의 고향으로 내려갔지만 우리는 서울에서보다 더 많이 싸웠다. 남편이 아파트 열쇠를 챙겨드렸는지 시어머니는 늦은 밤이나 이른 새벽을 가리지 않고 우리 집 안방을 드나들었고, 나에 대한 간섭과 험담도 더 심해졌다. 게다가 내 명의로 사주겠다던 아파트는 버젓이 시어머니 이름으로 되어 있었다. 더 화가 나는 것은, 남편은 처음부터 시어머니의 계획을 알고 있었지만 내게 모른척했다는 사실이다.

이대로 살다가는 내가 미칠 것만 같아서 나는 이제 갓 돌을 넘긴 큰 아이를 시댁에 맡겨두곤 다시 서울로 올라와 남편과 별거에 들어갔다. 그런데 시간이 지날수록 큰 아이에게 미안하고 걱정이 돼서 아무 일도 할 수 없었다. 석 달 정도가 지나자 급기야 횡단보도를 건너는데 초록색 신호등과 빨간색 신호등이 구별되지 않을 정도로 정신이 무너졌다. 직장 일도 도통 손에 잡히지 않았다. 이러다가 사고가 나서 죽느니 무조건 아이와 함께 살아야겠다는 생각만 들었다.

이혼을 한다고 해도 아이가 장손이다 보니 시댁에선 절대 내게 내어주려 하지 않을 것이며, 내가 아이를 데리고 올 마땅한 명분도 없었다. 아이와 함께 사는 길은 다시 남편과 합치는 것 외엔 아무것도 없는 듯했다. 남편은 나와 별거하는 동안 여자들을 집에 끌어들이기까지 했는데, 그럼에도 나는 꾹 참고 다시 살아보기로 했다. 세상엔 병에 걸려 곧 죽게 될 사람도 있고, 사업이 망해서 당장 밥 한 끼 먹을 돈이 없는 사람도 있었다. 그런 사람들보단 내가 더 나은 상황이라며 애써 위로하며 나는 남편과 다시 합쳤다.

남편은 내가 손을 내밀자 시어머니와 하던 일을 정리하고는 무작정 내가 있는 서울로 왔다. 그는 그렇게 내가 화해의 손길을 내밀기만을 기다렸던 모양이다. 나는 어차피 다시 살기로 했으니 아이를 더 낳아야겠다고 생각했다. 남편이 아들이 둘이면 좀 더 정신을 차리지 않을까 하는 기대도 있었다. 그러나 안타깝게도 아들을 둘이나 낳아도 남편은 전혀 달라지지 않았다. 여전히 술을 마시고 만취 상태로 늦게 들어 왔으며, 외박을 하지 않는 한 늦은 게 아니라는 궤변까지 늘어놓으며 나와 다투곤 했다.

말이 통하지 않는 남편과의 다툼은 이렇다 할 성과도 없이 피곤함만 보탰다. 남편에게 가정은 그저 자신이 편하게 TV나 보고 잠이나 자고 나가는 정도의 의미인 듯 보였다. 아이가 둘이 되니 괜히 나만 더 바빠졌을 뿐이었다.

이렇듯 혹시나 하는 기대가 역시나 하는 실망감으로 되돌아왔지만 나는 또 다른 엉뚱한 생각이 들었다. 혹시 딸이 생기면, 남편이 딸아이가 주는 색다른 기쁨에 집에 더 일찍 들어오고 술도 덜 마시지 않을까 하는 막연한 희망을 품게 된 것이다.

당시에 남편은 사업이 잘되어 경제적으로 여유가 있었다. 이때다 싶었는지 친정엄마도 "노년에는 딸이 없으면 안 된다"고 하시면서 아이 하나를 더 낳으라고 하셨다. 고민하고 있던 차에 엄마까지 뜻을 보태어주시니 나는 다시 아이를 가졌고, 다행히도 바라던 딸을 낳았다. 하지만 그것도 곧 나의 헛된 기대였음을 알게 됐다. 남편은 전혀 나아지지 않았고, 오히려 사업이 기울자 더 심하게 술을 마셔댔다. 알코올 중독이란 문제는 애당초 나의 노력으로 해결할 수 있는 것이 아니었다.

그렇게 모든 희망이 절망으로 기울어갈 즈음에 나는 또다시 유혹에 빠지게 되었다. 대학 후배와 이야기를 하던 중에, 그녀는 나더러 딸을 한 명 더 낳으라고 했다. 위로 오빠 둘에 막내인 그녀는 오빠들 틈에서 너무 서럽고 외로웠다며 딸을 한 명 더 낳아서 서럽지 않게 키우라는 것이다. 남편의 사업이 완전히 망해서 경제적으로 너무 힘든 데다가 이미 아이가 셋이나 되었으니 그냥 흘려들어도 될 말이었다. 그런데 사람의 운명이란 얼마나 오묘한지, 그녀가 내 손을 꼭 붙잡으며 이야기를 하는 바람에 그 말이 가슴에 와 박히고 말았다.

나는 아이들만큼은 나보다 훨씬 더 잘되게 하고 싶었다. 셋째 딸이 외롭고 서럽게 살게 하고 싶지 않았고, 딸이 둘이라면 노년에 든든하게 힘이 될 것도 같았다. 키우느라 힘든 건 나중에 있을 좋은 일들과는 비교도 안 될 거라는 생각이 들기도 했다. 어쩌면 나는 남편에게 또다시 실낱같은 희망을 걸었던 건지도, 그도 아니면 점점 더 불행의 늪으로 빠지는 내 삶을 외면하기 위해 나는 스스로 최면을 건 건지도 모른다.

여하튼 나는 바람대로 딸을 낳았고, 지금도 그때의 선택을 후회하지 않는다. 딸 둘이서 서로 어울려 잘 지내는 걸 보면 그때 후배의 말을 들은 게 얼마나 다행인지 모르겠다. 가끔 오빠들이 싸우거나 집안 분위기가 안 좋을 때 딸들은 자기들 방에 들어가 재잘대며 노는데, 그 모습을 보면 흐뭇하기까지 하다.

남편을 가정으로 돌아오게 하려는 심산으로 아이들을 자꾸 갖게 된 것이었지만 결국 바라던 성과는 얻지 못했다. 대신 그때나 지금이나 아이들은 내게 최고의 보석이고 기쁨이다. 누군가는 이런 나의 선택을 어리석다고, 무모하다고 말할지도 모른다. 그러나 당시로선 그게 내가 남편을 사랑하는 방식이었다. 나에게 아이들이 보석이듯이 그에게도 그런 귀하고 사랑스러운 보석들이 하나둘 늘어나면 삶이 더 희망적이게 느껴질 것 같았다. 마흔아홉에 죽을 생각을 하던 그가 아흔아홉까지 살고 싶어지지 않을까, 그래서 술을 끊고 더 건강해지려 노력하지 않을까 기대를 했다. 그게 내가 자신을 사랑하는 방식임을 그는 끝내 모른 채 떠났다.

죽음보다
더 두려운
삶

남편이 죽고 한동안 아이들은 안방에 모여 함께 자려고 했다.
아이들은 공포에 빠져 있었다. 하루아침에 아빠를 잃은 충격
과 죽음을 가장 가까이에서 느낀 두려움이 보태어진 탓이다.
나 역시 두렵기는 마찬가지였다. 하지만 아이들과는 달리 내
두려움의 대상은 죽음이 아닌 삶이었다. 오롯이 내 몫으로 남
겨진, 네 아이들과의 삶을 나는 어떻게 헤쳐 나가야 할지 두렵
기만 했다.

현실적으론 경제적인 문제가 가장 컸지만 이에 못지않게

한창 성장기에 있는 아이들의 정서적인 면도 많이 염려되었다. 아빠의 몫까지 내가 돌봐주고 사랑해준다지만 아이들이 받아들이는 것은 분명 다를 테다.

아이에게 엄마와 아빠는 언제나 필요한 존재이다. 아무것도 하지 않고 그냥 그 자리에 있는 것만으로 부모는 아이에게 무언가를 하고 있는 것이다. 나는 남편을 잃고서야 비로소 그것을 깨달았다. 남편은 늘 늦은 밤에 술에 취한 채 귀가를 했기에 아이들과 함께 시간을 보내거나 식사를 하는 일이 거의 없었다. 그러나 그는 늦은 밤이라도 집에 오는 것만으로, 아니 살아 있는 것만으로도 이미 아이들에게 많은 것을 하고 있었다.

그 존재만으로도 힘이 되고 든든한 아버지가 이제 곁에 없으니 아이들이 알게 모르게 느끼는 아픔과 설움이 오죽할까. 나의 아버지는 내가 마흔 살이 되던 즈음에 돌아가셨다. 결혼을 하고 네 아이의 엄마가 되고 나서도 나는 아버지의 부재가 슬펐다. 그러나 다행스럽게도 나는 오래도록 아버지가 함께 계셨기에 아버지 없는 설움을 느끼지 않아도 됐다. 그런데 내 아이들은 너무 이른 나이에 아버지가 없는 설움과 슬픔을 느껴야 했다. 그 모든 것이 내 탓인 것만 같아 나는 가슴이 찢어질 듯이 아팠다.

"이제 네가 아버지 대신이야. 엄마한테도 잘하고 동생들한 테도 잘해야 해. 이젠 네가 가장이니까."

장례식장에서 사람들은 고등학생인 큰아들에게 다가와 '네가 가장이다'라며 큰 짐을 지웠다. 나는 화가 났다. 아직 성 인도 되지 않은 여리고 어린 내 아이에게 사람들은 장남이란 이유만으로 '슬픔에 의연하고, 믿음직한 가장으로 우뚝 서야 한다'라며 교과서에 나오는 말을 읊어댔다. 무슨 뜻으로 한 말인지는 알겠으나 아빠를 잃은 아이에게 사람들이 강제로 지워준 짐은 또 다른 상처가 될 수 있었다.

"너는 가장도 아니고 이 집을 책임 질 필요도 없어! 너는 너 대로 엄마는 엄마대로 멋있는 인생 다시 시작해보자!"

나는 아들의 등을 토닥이며 분명하게 말했다. 가장이 되어 엄마와 동생들을 책임지고 잘 돌본다는 것은 아이가 할 수 있 는 일이 아니다. 그리고 무엇보다 나는 내 아이가 마음의 짐을 지고 살아가게 하고 싶지는 않았다. 그건 현재의 삶도 고통이 거니와 결혼 후 새롭게 펼쳐질 삶에까지 부정적인 영향을 미 칠 수 있다. 나는 내 아이들이 부모의 행복이나 불행과는 무관 하게 그들의 삶을 자신의 의지와 노력으로 당당히 만들어가 기를 바란다.

나는 대학원에서 상담심리학을 공부하면서도 우리 부부의 문제 외에도 아이들과의 관계에 대한 고민도 많이 했다. 남편이 떠나고 홀로 아이들을 키우다 보니 나는 그때 공부해두었던 것들이 크게 도움이 됨을 느꼈다. 물론 남편이 떠나고 한동안은 둘째 아들이 나를 많이 힘들게 해서 곤혹스러웠던 때도 있었다. 한창 사춘기를 지나던 아이는 매사에 삐딱하고 거칠게 말하고 행동했는데, 다행히도 아이는 어렵지 않게 다시 원래의 모습으로 돌아와주었다. 아빠의 부재로 인한 아이들의 방황과 혼란을 함께 겪으며, 이론도 이론이지만 상담심리학을 공부하며 내가 아이들을 어떻게 돌보고 키워야겠다는 다짐을 해두었던 것들이 큰 도움이 되었던 것 같다.

나는 부모로서 아이들에게 멘토 역할도 잘하고 싶다. 아이들의 심리와 정서를 이해하고 공감하며, 그들의 슬픔과 아픔도 토닥여주고, 인생의 끊임없는 물음들에 명쾌하게 답해줄 수 있는 부모가 되고 싶다. 아이들은 하루에도 몇 번씩 내게 질문을 한다. 인간관계, 진로 문제, 이성 문제 등등 궁금하거나 혼자 해결하기 힘든 문제가 생기면 언제든 내게 물어본다. 때론 염려스러울 정도의 질문도 있지만 애써 의연한 척하며 답을 해준다. 아무리 심각하고 큰 문제라도 부모가 아무렇지도 않다는 듯 반응하면 아이도 의연하게 받아들인다.

물론 사춘기를 지나고 성인이 된다고 해서 아이들의 방황이 끝나는 것은 아닐 테다. 나는 아이들이 내게 질문하며, 내게 손을 내밀면 언제라도 그들에게 인생길을 수월하게 넘어가는 법을 안내해줄 것이다. 혼자가 아닌 남편과 함께 이 모든 것을 할 수 있었더라면 더없이 좋았을 테다. 하지만 후회해도 원망해도 소용없다. 나는 이제 엄마와 아빠의 역할을 모두 해내야 하는, 울 시간도 없는 네 아이의 엄빠이지만 그것이 이생에서 내게 주어진 임무라면 나는 기쁘게 해낼 것이다.

2장

당신은
떠났지만
나는
밥을 먹는다

그 때
그 전화를
받았더라면

남편을 떠나보내고 꽤 오랫동안 그의 죽음이 내 탓이 아닌가를 자책해야 했다. 무엇보다 나는 그가 자살 직전에 지푸라기처럼 매달렸을 마지막 전화를 받지 못한 데 대한 죄책감이 컸다. 남편은 죽기 직전에 내게 여러 통의 전화를 했지만, 나는 대학원 수업을 듣던 중이라 받지 못했다. 부재중 전화를 확인하곤 쉬는 시간에 다시 전화했을 때는 그가 받지 않았다. 그냥 강의실로 들어가려다 왠지 찜찜한 기분이 들어 한 번 더 걸어봤지만 받지 않았다. 그는 고객과 상담하거나 술을 마시고 있을 때는 내가 몇 번을 전화해도 받지 않을 사람이기에 크게 신경 쓰지 않았다.

사실 나는 그와 통화하고 싶지 않았다. 그 전날까지 이혼에 대해 승강이를 했었고, 딱히 그에게 더 들을 말도, 할 말도 없었다. 게다가 어차피 밤에 그가 집에 들어오면 또 같은 말을 반복하며 다툴 게 뻔했다. 수업을 들으러 나와서까지 남편 때문에 기분이 상하고 싶지 않았기에 나는 그의 부재중 전화에 애써 무심하려고 노력했다.

하루만 지나면 그와 이혼을 하고 부부의 인연이 끝난다. 그러니 더는 그의 삶에 관여하고 싶지 않았다. 내가 그토록 자신의 손을 부여잡을 땐 모른 척 제멋대로 하더니 이제 와서 다시 매달리고 질척거리는 게 싫었다. 그에게 아무런 희망이 없다는 결론을 내린 이상, 내 삶의 유일한 바람은 그에게서 하루빨리 벗어나는 것뿐이었다. 그것을 향해 나는 모든 힘을 끌어모아 돌진했다. 매정하게 돌아서야 한다는 생각뿐이었다. 그게 나와 아이들이 사는 길이라고 여겼다. 그러나 그건 사실이 아니었다. 그가 떠나고 나서야 나는 그가 사라진 내 삶이 꽃길이 아님을, 매 순간 가슴 찢어지고 아픈 후회와 그리움의 길인 것을 알게 됐다.

그게 그의 마지막 전화일 거라곤 꿈에도 생각하지 못했다. 그의 자살 소식을 듣고, 장례를 치르고, 그가 없는 일상을 살아가면서 나는 내게 물었다. 그날, 그의 전화가 마지막 전화인 줄 알았다면 받았을까? 내가 좀 더 참고 수용해주었더라면 그가 자살까지는 하지 않았을까? 이번 한 번만 더 참아주고 넘어갈 테니 잘해보자고 했다면 그가 정신을 차리고 마음을 바꿨을까? 그리고 지금 우리는 행복할까?

남편이 떠나고 한동안 나는 사람들의 수군거림처럼 정말 내가 그를 사지로 몰아넣은 것이 아닌가 하는 생각에 너무나 괴로웠다. 더군다나 남편이 내가 전화를 받지 않자 모든 것을 체념하고 마지막 불빛마저 꺼버린 것은 아닌가 하는 생각에 무척이나 고통스러웠다. 그리고 무엇보다, 내 마음 한구석에 정말 그가 세상에서 사라져버렸으면 좋겠단 생각이 있었던 것은 아닌가 하는 마음에 무거운 죄책감까지 느껴졌다.

남편을 구원해보려고 이토록 끈질기게 매달렸던 사람도 드물 것이다. 싸우기도 하고 달래보기도 하고 애원하면서 그의 비위를 맞추려고 최선을 다하기도 했다. 저녁밥을 정성 들여 준비해 놓고 예쁜 옷을 입고는 그를 기다리기도 했다. 그는 집에서도 내가 예쁘게 단장하고 있는 것을 좋아했다. 그래서 집에서 입는 옷도 그의 취향에 맞춰 신경 써서 골랐다. 심지어 나는 그를 가정으로 돌아오게 하려고 아이를 네 명이나 낳기까지 했다. 하지만 그런 노력과 그가 가정적인 사람이 되는 것과는 무관하다는 것을 알았다. 그는 변할 조짐조차 보이지 않았고, 결국 나는 더는 버틸 수 없는 단계가 되어버렸다. 이러한 삶을 빨리 끝내야겠다는 생각만 들었다.

몇 년 전 치매에 걸린 부모를 돌보던 아들이 부모님을 죽이고 자신도 자살한 사건이 알려져 사람들의 가슴을 아프게 했다. 최근에는 치매에 걸린 아내를 돌보던 80대 할아버지가 아내와 함께 동반자살을 한 일도 있었다. 너무나 가슴 아프고 안타까운 사연이지만, 끝이 나지 않을 고통의 길을 환자와 함께 걸어가는 사람은 그 절망감이 극에 달하면 그런 선택을 할 수 있음에 공감이 되었다.

프랑스의 저명한 심리학자인 안 안설렝 슈창베르제와 에블린 비손 죄프루아가 펴낸《차마 울지 못한 당신을 위하여》라는 책을 보면 이와 같은 사람들의 이야기를 잘 풀어놓은 내용이 있다. 나의 말로 쉽게 풀어보자면, 구원자 역할을 했던 사람들은 언젠가는 박해자가 되고 더 이상 견딜 수 없는 지친 상태에서는 희생자가 되어버린다. 희생자인 상태에서 오랜 고통의 시간이 이어지면 빨리 이러한 고통의 시간이 끝나게 되길 바라며, 그의 최후를 바라게 되는 박해자가 되는 것이다. 내가 그랬다. 어떤 방식이든 남편이 내 인생에서 사라져주길 바랐다. 그게 죽음이라고 하더라도 아무 상관 없을 것 같았다.

나는 남편과 행복하게 살고 싶었다. 남편이 술을 끊고 저녁에 일찍 집에 들어와 아이들과 함께 식사를 하고, 과일을 함께 먹으며 대화도 하고 싶었다. 주말이면 함께 장도 보고, 가끔은 아이들과 함께 야외에 소풍도 나가고 싶었다. 누군가에겐 너무나 평범한 삶이 내겐 꿈같은 일이었고, 결코 붙잡을 수 없는 행복이었다.

나는 무언가 함께할 때 행복감을 느끼고 사랑을 느낀다. 그런 성격을 가진 나로서는 남편의 부재로 자주 혼자 방치되는 듯한 상황 속에서 불행하다는 느낌을 떨쳐버리기란 쉽지 않은 일이었다. 게다가 아이들을 키우면서 일어나는 온갖 일들은 혼자 감당하면서 몸도 마음도 지쳐갔다. 작은 일에도 화가 났고, 급기야 아이들이 '엄마' 하며 부르기만 해도 화가 났다. 이러다가는 자식 농사까지 망칠 수도 있겠다는 생각이 들었다.

나의 힘듦이 이처럼 극으로 치닫고 있음에도 불구하고 남편은 점점 더 많이, 더 자주 술을 마셨다. 죽기 2~3년 전부터는 낮에도 소주를 2병 정도씩 마시기 시작했으며, 저녁에는 4병 정도나 마셨다. 급기야 나는 계속 이렇게 살 거라면 남편이 죽어 없어지는 게 낫겠다는 생각을 했다.

남편이 떠나고 꽤 오래도록, 잠시나마 내가 남편이 죽기를 바랐다는 사실이 너무나 미안했다. 내가 그런 못된 마음을 품었기에 남편이 떠난 듯하여 괴롭기만 했다. 그가 용서해 달라며 내 앞에서 무릎 꿇고 빌던 장면이 수시로 떠올랐다. 첫 번째 이혼을 하던 날에 둥그런 그의 어깨가 힘없이 무너지던 모습, 마지막 날 아침에 그가 토치를 찾던 모습도 떠올랐다. 그 모든 순간에 그가 얼마나 슬프고 아프고 절망스러웠을지 생각하니 미안함에 목이 메었다. 낮에도 문득문득 그 기억들이 떠오르면 저절로 고개가 떨구어졌다.

아이들과 장을 보러 가서도, 식탁에 앉아 밥을 먹으면서도 우리 아이들은 아빠가 없구나 하는 생각이 들면 이게 다 내 탓인 것 같아 견딜 수가 없었다. 조용한 밤이 되면 죄책감은 더욱 커졌다. 내가 그에게 조금의 희망이라도 보여줬더라면, 그의 고통에 조금만 더 마음을 기울였더라면, 그에게 조금만 더 시간을 주었더라면 그는 여전히 나와 내 아이들의 곁에 있을 수 있었을 것이라며 온갖 후회와 상상으로 나는 나를 괴롭혔다.

차라리 잠이 올 때까지 자질구레한 집안일을 하며 몸을 피곤하게 만드는 편이 더 나았다. 때론 술도 마셨다. 남편이 마시던 그 술을 내가 주방에 서서 아이들 몰래 물잔에 따라 벌컥 마시기도 했다. 평소 술이라고는 입에 대지도 않던 사람이 술을 그리 급하게 마시니 갑자기 머리가 핑 돌며 온몸이 축 늘어졌지만 나는 그렇게라도 잠이 들 수 있음에 감사했다.

몸을 피곤하게 하거나 술을 마셔 잠을 청하는 것은 잠시 고통을 잊게 해줄 뿐 결코 고통의 무게를 줄일 수는 없었다. 피하고 도망친 고통은 어김없이 이후의 시간에 나를 찾아와 고통의 무게를 더했다.

고통의 무게가 늘고 불면의 밤이 길어지자 나는 문득 대학원 수업시간에 배운 '인지치유'가 떠올랐다. 고통의 원인은 다름 아닌 '나의 생각'에 기인하는 것이기에 생각을 바꿈으로써 고통에서 벗어날 수 있다는 치유법이다. 고통의 가장 깊은 곳에서 허우적대던 당시의 나로서는 내 생각을 바꾸는 것이 쉽지 않았다.

나를 힘들게 하고 고통스럽게 하는 생각을 바꾸는 것이 어렵다면 나는 일단 그런 생각들을 멈춰보기로 했다. 자책이나 죄책감과 같이 나를 갉아먹는 고통스러운 생각이 들 때마다 나는 고개를 내저으며 생각이 더 이어지지 못하도록 그것을 잘라내려 노력했다. 이 또한 쉽지 않은 일이었다. 그러나 나와 아이들에게 도움이 되지 않는 생각이라면 힘겹더라도 멈춰야만 했다. 더군다나 나와 함께하며 내 표정 하나하나에도 영향을 받는 내 아이들을 위해서라도 나는 나를 고쳐 나가고 치유해 나가야 했다.

웃는 것 도
죄가 되는
사람들

남편이 떠나던 때, 나는 대학원에서 상담심리학을 공부하고
있었다. 그러나 정작 배우자의 자살이라는 고통스러운 사건
이 나의 일이 되자 나의 배움은 그다지 힘을 발휘하지 못했다.
무엇보다 나는 그 누구라도 붙잡고 하소연을 하고 싶었다. 그
리하여 남편을 홀로 떠나보낸 여자가 그깟 배고픔을 이기지
못해 꾸역꾸역 밥을 챙겨 먹고 있다는 사실에 대한 죄책감을
떨쳐내고 싶었다.

어떤 말이라도 할 수 있는, 내 속을 다 보여주며 상담받을

만한 곳을 찾았다. 남편을 욕 하든 나 자신을 비하하든 상관하지 않고, 그냥 나오는 대로 지껄여도 미쳤다고 하지 않을 만한 곳을 찾아야 했다. 다행히 집 가까운 곳에서 훌륭한 정신과 선생님을 찾을 수 있었다. 방송 출연도 자주 하시고 책도 여러 권 쓰셔서 평소 잘 알고 있는 분처럼 친근한 느낌이 드는 선생님이셨다.

"오늘 어떻게 오셨나요? 무슨 일이 있으셨어요?"

선생님의 조심스러운 질문에 기다렸다는 듯이 눈물부터 터져 나왔다. 내가 무슨 말을 해도 묵묵히 들어주고 넉넉하게 받아줄 것만 같은 안도감이 느껴지니 그간의 서러움이 쏟아져 나온 듯했다.

"얼마 전에 남편이 자살했어요……. 저 때문인 것 같아요!"

주체할 수 없는 눈물을 서둘러 닦으며, 나는 나의 이야기를 시작했다. 나와 시선을 맞춘 채 나의 이야기를 들어주시던 선생님은 그것은 내 탓이 아니라고, 남편은 남편의 운명대로 살다가 간 것이라고 나를 위로해주셨다.

"제가 한 번만 더 받아주었더라면 남편이 자살까진 하지 않았을 것 같아요. 그리고 남편이 아침에 토치를 찾던 것을 너무 무심히 넘겼어요……."

"자신이 그동안 살면서 고생하고 참고 희생하신 건 왜 생각 안 하십니까? 모든 게 내 탓이라고 생각하는 것이 착한 사람들의 문제입니다. 선생님은 저 멀리서 전쟁이 나도 본인 때문에 전쟁이 났다고 하실 겁니다. 남편분을 미화하지 마세요! 아이들에게도 아빠를 미화해서 얘기하지 마시고요. 그분의 못난 모습은 못난 모습 그대로 인정하고, 마지막의 그 못난 결정마저도 그분의 선택임을 받아들이세요."

처음이었다. 무조건 내 편이 되어 나의 이야기를 들어주고 내 잘못이 아님을 항변해주는 누군가가 있다는 것은 정말 놀라운 경험이었다. 나는 내친김에 푸념을 좀 더 늘어놓았다.

"맞아요! 제가 그동안 참고 희생하며 산 건 맞죠! 애들도 거의 저 혼자 키운 것 같아요! 남편은 늘 술에 취해서 늦게 집에 들어오니까 혼자 애들을 씻기고 챙기고 했어요. 애들에게 문제가 생겨도 애들이 아파도 혼자 다 해결하면서, 남편 없는 여자처럼 동동거리며 늘 그렇게 살았죠. 남편은 다리가 아프다는 이유로 주말조차 움직이질 않으니 마트에 가서 장을 보는 것도 늘 제 몫이었어요."

그제야 나도 정신이 좀 들었다. 완전한 내 편이 생긴 기분이 들자 갑자기 어디에선가 힘이 생기는 것 같았다.

찬찬히 내 이야기를 들으시던 선생님이 갑자기 의자를 뒤로 밀며 자리에서 벌떡 일어났다. 그리고는 "이야! 한 방 먹이고 갔네!"라고 소리치시는 게 아닌가! 게다가 선생님의 붉으락푸르락하는 얼굴은 마치 나 대신 남편에게 화를 내주고 있는 듯했다. 덕분에 나는 막혔던 속이 뻥 뚫리는 듯 기분이 상쾌해졌다.

'그랬구나! 내가 남편에게 한 방 먹은 거구나! 그것도 아주 크게.'

죄책감이 뚝 떨어져 나가는 듯했다. 그날 그 선생님이 의자에서 벌떡 일어나면서 하셨던 말은 내게 평생 못 잊을 말로 남았다. 그것만으로도 그분은 나를 절반은 치유하셨다.

남편이 죽은 후에 모두가 나를 위로했지만 정작 그 누구도 내 편에서 남편을 욕해주지 않았다. 모두가 죽은 이를 가여워할 뿐이었다. 그 때문인지 나는 남편을 들들 볶으며 못살게 괴롭히던 악독한 여자처럼 느껴졌다.

살아 있는 게 수치스럽게 느껴졌다. 나는 길을 걸을 때도 한동안은 앞을 보지 않고 땅바닥만 쳐다보고 다녔다. 혹여라도 남편이 죽은 것을 아는 사람이 길을 가다가 나를 본다면 "남편이 죽었는데도 저 여자는 잘만 돌아다니네"라며 수군댈 것 같았다. 마트에서 장을 볼 때도 "저 여자는 남편 죽은 지 얼마나 됐다고 먹을 걸 사러 나왔어?"라며 욕을 할 것만 같았다.

오래전에 친정엄마가 "몇 년 전 남편과 사별한 여자가 사람들과 이야기를 하다가 웃었는데, 그것을 두고 사람들이 '남편 죽은 여자가 웃기도 한다'라며 뒷담을 하더라"고 하셨다. 내가 그 여자의 입장이 되고 보니 인간이 타인에게 얼마나 잔인하고 냉혹한지 새삼 알 것 같았다.

남편이 죽은 여자는 몇 년이 지나도 사람들 앞에서 웃지도 말아야 하고, 언제나 우울한 얼굴로 다녀야 사람들은 마음이 편한가 보다. 세상에 억울한 일이 많다지만 이 일 역시나 무척 억울한 일이 아닐까 한다. 남편과 사별한 여자가 겪어야 하는 수많은 아픔과 설움에 다른 이들의 이목까지 신경을 써야 하는 이중고까지 견뎌내야 하니 말이다. 그뿐만이 아니다. 팔자가 드세다는 말은 기본이고, 남편의 기를 다 빼앗았다는 둥 남편을 잡아먹었다는 둥 가슴을 후벼 파는 말들은 끝도 없다.

사별한 여자는 이 모든 설움을 견뎌야 하고, 가장이 되어 경제적인 책임을 지며 아이들까지 고스란히 홀로 키워야 한다. 남편이 없는 처지는 비슷할지 몰라도 사별과 이혼은 크게 다르다. 양육비를 가지고 싸울 데도 없다. 한 달에 한 번이라도 상대 배우자에게 애들을 맡기고 맘 편히 쉴 수도 없다. 혹여라도 내가 아프거나 사고가 나서 아이들을 돌볼 수 없는 상황이 되었을 때도 남은 한쪽 부모가 죽고 없다는 것은 큰 부담이 된다. 그래서 사별한 여자는 아파도 안 되고 다쳐도 안 된다. 스스로 전사가 되어 험한 세상을 헤쳐 나가지 않으면 아이들을 지켜낼 수 없다.

모든 아픔과 설움을 꾹꾹 누르고 겨우겨우 버텨가고 있는 내게 사람들의 말과 시선은 불편하고 부당하기까지 했다. 가뜩이나 남편의 죽음을 막지 못했다는 죄책감에 힘들어하는 내게 그의 사망 원인이 자살임을 알고 있던 시어른들은 대놓고 적대감을 표현했다. 심지어는 나와 아이들에게 혹여라도 자신들에게 경제적인 도움을 구할 것 같으면 아예 찾아오지도 말라고 했다. 돈과 관련해서는 생각해본 적도 없던 나로서는 황당했다. 아들 장례식장에서 조의금도 야무지게 다 챙겨가셨던 분들이니 오죽할까 싶었다.

이 모든 설움과 억울함을 나는 정신과 선생님께 처음으로 털어놓았다. 감사하게도 그분은 나의 모든 말에 공감하고 내 편이 되어 상황을 정리해주셨다.

"대대로 정신이 썩은 집안이네요. 잘됐습니다. 가지 마세요. 이사할 때도 알리지 말고 그냥 가십시오. 그 집엔 아예 안 가는 게 아이들 정신 건강에도 좋을 것 같습니다."

속이 다 후련했다. 갈등했던 문제들이 속 시원하게 정리가 됐다. 무거운 마음의 짐이 벗겨졌다. "피는 물보다 진합니다. 남편의 부모님이고 아이들의 조부모님이시니 조금 양보하고 굽히고 들어가세요"라는 도덕 교과서에 나오는 말이 아닌, 누군가가 내 편에 서서 문제를 바라봐주고 나에게 고통을 준 사람들을 함께 욕을 해주는 게 진짜 치유라는 생각이 들었다.

이제야 좀 살 것 같았다. 누군가가 내 마음을 알아주고 공감해주니 보약을 먹은 듯 몸도 마음도 가벼워졌다. 이제야 밥이 제대로 넘어갈 것 같았다. 내 탓이 아니었다. 웃는 것도 밥을 먹는 것도 죄가 아니었다. 그것은 아이들을 끌어안고 남은 삶을 씩씩하게 살아내려는 나의 모성애이며 의지였다.

이후로 나는 오랜 시간 상담치유와 약물치유 등을 병행하며 서서히 고통 속에서 빠져나올 수 있게 되었고, 나의 삶을 객관적으로 바라볼 수 있는 눈도 생겼다. 남편은 자신의 선택으로 자신의 길을 간 것이며, 나는 나의 선택으로 나의 길을 가야 한다는 것을 알게 됐다. 이런 깨달음 후에야 비로소 사람들의 시선에 당당해지고, 나를 괴롭히던 죄책감에서 벗어날 수 있었다. 물론 쉽지 않은 길이었고, 꽤 오랜 시간이 걸리긴 했지만, 결국 나는 우울과 죽음의 유혹을 이겨냈다.

가족의 자살은 또 다른 가족의 자살을 유도한다. 세계 보건 기구의 보고에 따르면, 자살 유가족의 상당수가 자살한 가족에 대해 집착하고 그를 따라 죽고 싶다는 감정에 휩싸이게 된다고 한다. 또 미국 국립정신보건원(NIMH)의 발표에 의하면 자살을 시도한 사람의 4명 중 1명꼴로 가족 중에 자살을 시도한 사람이 있었다고 한다.

그들은 무언가를 깨끗이 청산한다는 마음으로 그 길을 갔는지 모르지만 남은 가족은 평생 그들의 죽음을 짊어지고 가야 한다. 이는 그들이 자살로써 내던져버린 그 짐보다 수백, 수천 배는 더 무겁다. 그 짐을 내려놓으려면 결국 먼저 간 그와 같은 길을 가는 수밖에 없다.

나는 생각을 달리함으로써 그 짐을 내려놓기로 했다. 그들의 죽음에 우리는 먼지 하나 보탠 게 없다. 우리는 가해자가 아니라 온전히 피해자이다. 게다가 이제까지 느꼈던 고통으로도 충분히 대가를 치렀다. 그러니 나는 그 짐을 얼마든지 내려놓아도 된다.

가족의 자살은 슬프고 아픈 일이지 결코 수치스러운 일이 아니다. 그들의 죽음을 떠안은 고통과 슬픔을 말로 표현하고 풀어내야 한다. 그래야 점점 가벼워지고 마침내 떠나보낼 수 있다. 말로 표현되지 않은 고통은 자기 자신은 물론이고 타인까지 공격하게 되어 관계와 건강을 파괴할 수 있다. 그러니 흘려보내고 떠나보내야 한다. 우리는 죄인이 아닌 피해자이기에 다시 행복해도 된다.

전 업 주 부 에 서
다 시
일 터 로

삶에는 슬픔과 고난 못지않은 기쁨과 즐거움도 있다지만 남편
이 떠난 후 한동안 나의 삶에는 슬픔과 고난만 있는 듯했다. 눈
에 넣어도 아프지 않을 사랑스러운 내 아이들이지만 아직 어
린 그 아이들을 돌보고 책임지는 일은 힘겹기만 했다. 특히 넷
이나 되는 아이들을 먹이고 입히고 교육하는 데 드는 '돈'은
마흔이 넘은 경력 단절의 여자가 감당하기엔 버겁기만 했다.

나는 삶이 힘겨울 때마다 남편을 원망했다. 그는 도대체 무
슨 생각으로 그런 엄청난 일을 저지른 것인가? 애들 네 명을

내가 고스란히 책임져야 한다는 생각을 못 했을 리 없을 테다. 남편의 사망신고를 하고 금융조회를 신청하자 여러 은행에서 잔액이 없다는 문자가 수시로 날아왔다. 어느 은행인가 몇만 원이 있다는 게 전부였다. 하던 사업이 힘들었던 때라 잔액이 없는 것은 그렇겠거니 했다. 그런데 더 심각한 것은 남편에겐 6억 원 가까이나 되는, 어마어마한 빚이 있다는 사실이었다. 하늘이 무너지는 것 같았다. 당장 수중에 돈 한 푼 없는 것으로도 모자라 억대의 빚이라니! 다행히 지인으로부터 소개받은 변호사의 조언으로 나와 아이들은 상속 포기를 했고, 그로써 남편의 빚에서 벗어날 수 있었다.

남편의 장례를 치르고 얼마 지나지 않아 나는 직장부터 알아보았다. 나의 슬픔과 절망과는 무관하게 당장 내 아이들의 입에는 밥이 들어가야 했다. 그나마 제일 먼저 떠오르는 일이 간호사 일이었다.

대학에서 간호학을 전공했지만 나는 간호사 일이 싫었다. 환자들을 돌보는 일은 보람이 있었지만 근무여건과 간호사들과의 업무상 빚어지는 관계는 감당하기 버거웠다. 직업의 특성상 3교대로 나이트 근무를 반복해야 하는 것도 무척 스트레스였다. 그래서 나는 결혼 이후에 내가 꼭 돈을 벌어야 하는 절박한 상황이 아니면 병원에 나가지 않았다.

남편이 떠나고 실질적인 가장이 되니 나는 찬밥 더운밥을 가릴 처지가 아니었다. 아이들을 굶겨 죽일 생각이 아니라면 내가 힘들어 죽더라도 나는 무조건 일을 하러 나가야 했다. 더군다나 나이도 많아서 어디든 나를 받아주는 곳이면 무조건 가야 했다. 죽기보다 싫었던 병원을 다시 내 발로 찾아갔다. 다시는 근무하지 않겠다고 버렸던 간호사 신발을 다시 사야 했다.

다행히 병원 일은 금세 구해졌지만 나는 병원에 출근하기가 죽기보다 싫었다. 특히 나이트 근무를 해야 하는 날이면 매번 마음에 커다란 바윗덩이 하나를 매단 채 출근을 해야 했다. 출근 전 아이들에게 저녁을 차려주고 큰 아이에게 동생들을 챙기라며 당부한다. 아이들만 남겨 놓은 채 집을 나서며 나는 개떡 같은 남편이라도 없는 것보단 있는 게 훨씬 낫다는 것을 절감한다. 밤에 아이들만 있는 것보다는 술에 취해서 곯아떨어진 아빠라도 옆에 있으면 불안함이 덜어질 것 같았다.

아이들끼리 지내야 하는 깊고 어둑한 밤도 문제이지만 더 걱정스러운 것은 막상 아침이다. 아이들끼리 일어나서 아침밥을 먹고 학교에 가야 하는데, 아이들이다 보니 아침에 스스로 일어나는 것이 생각처럼 쉽지 않았다. 아이들 모두 머리맡에 자명종과 휴대폰 알람까지 여러 개를 맞춰두지만 정작 아침이면 "5분만 더, 5분만 더"를 하다가 결국 알람을 모두 건너뛰어 버리는 일까지 생긴다. 게다가 고등학생과 중학생인 오빠들과 등교시각이 달라서 오빠들이 일찍 학교에 가고 나면 초등학생인 셋째와 넷째는 다시 잠이 드는 일도 있다.

자명종과 휴대폰 알람으로도 안심이 안 돼 아침이면 아이들에게 전화를 걸었다. 아무도 받지 않으면 속이 타들어 가기 시작한다. 동료들의 눈치가 보여 계속 전화기를 붙들고 있을 수도 없는 노릇이었다. 병원 일이라는 게 즉시 처리해야 하는 일들이 대부분이라 업무시간의 융통성을 발휘하기가 어렵다. 특히 나이트 근무자들은 아침 근무자들에게 밤 동안의 환자 상태를 인계해줘야 하는데 그 과정이 매우 분주하다. 특히 생명이 위중한 환자라도 있는 날이면 더욱 그렇다.

하루는 아이들의 학교 담임선생님 모두로부터 문자가 왔다. 아이들이 학교에 오지 않았다는 내용이었다. 아이들은 원래 늦잠을 잘 수도 있고, 그래서 지각을 할 수도 있으니 어쩌면 별거 아닌 일이었다. 그런데 나는 너무나 참담했다. 근무를 마치고 서둘러 집으로 가니, 아이들은 그제야 학교에 가려 집을 나서고 있었다. 빨리 가라고 말하면서도 나는 왜 늦잠을 잤느냐며 화를 내야 할지 괜찮다며 토닥여주어야 할지 헷갈렸다.

아이들이 모두 학교에 간 뒤에 나는 침대에 누워 하염없이 울었다. 20년여 만에 다시 하게 된 나이트 근무는 힘겨웠고, 보호자 없이 어두운 밤과 분주한 아침을 살아내는 내 아이들은 살을 에듯이 아팠다. 차라리 도망치고 싶었다. 몸을 잔뜩 웅크리며 더 깊이 침대로 파고든 나는 이대로 깨어나지 않기를 바랐다. 마치 어릴 때 어머니에게 두들겨 맞고 아침이면 영원히 깨어나지 않기를 기도하던 그때처럼 나는 정말 세상에서 사라지고 싶었다.

병원에서의 나이트 근무는 나와 내 아이들의 삶을 점점 더 피폐하게 만들었다. 연속해서 3일 정도를 밤낮이 바뀐 나이트 근무를 하고 나면 나는 몸은 물론 정신적으로도 한계를 느꼈다. 병원에서 근무하는 동안 내도록 내 머릿속을 떠다니던 아이들이지만 막상 퇴근 후에 말을 걸어오면 짜증부터 났다. "그걸 질문이라고 하니?", "똑같은 얘기를 몇 번이나 해야 하는 거니? 너흰 한 번씩 물어도 엄마는 네 번이나 이야기하는 거야" 등등 온갖 짜증과 분노를 아이들에게 쏟아냈다. 병원에서의 나이트 근무 때문에 당시 나는 아이들에 대한 미안함과 죄책감, 불안감이 최고조에 달해 있었다.

아이들에 대한 걱정 외에 병원에서 동료들과의 관계에서 오는 스트레스도 만만치 않았다. 특히 같이 근무하던 동료 간호사인 K는 나의 인내심을 더욱 극한으로 몰아붙였다. 나는 경력이 거의 없는 간호사라서 누구와 근무하든지 온갖 자질구레한 일까지 다 해야 했다. 그리고 경력직 간호사들은 바쁜 업무를 소화해내며 신규 간호사를 가르쳐야 했기 때문에 그들 또한 예민해져 있었다. 그래서 잘 모르는 것을 물어보기가 겁이 났다. 물어보면 그것도 모르냐며 면박을 줬고, 물어보지 않고 했다가 실수를 하면 왜 물어보지 않았냐고 불같이 화를 냈다. 결국 K와 근무를 하다가 여러 번 환자 상태가 안 좋아지는 일을 경험하자, 그와 같이 근무를 하게 되는 날이면 지옥에라도 끌려가듯 출근이 고통스러웠다. 힘든 병원 일을 하면서도 환자를 간호하는 보람만큼은 컸는데, 이젠 그마저도 사라져버렸다.

나는 200만 원이 채 안 되는 월급을 받으며 극심한 스트레스에 시달렸다. 게다가 부족한 생활비는 계속 빚으로 쌓여가니 사는 게 사는 게 아니었다. 그야말로 죽지 못해 사는 거였다. 얼굴은 점점 어두워가고 있었고 몸은 시들시들 말라 갔다.

나는 이러다 나까지 잘못되는 게 아닌가 싶어 덜컥 겁이 났다. 죽고 싶을 만큼 괴롭고 힘들었지만 아이들을 생각하면 나는 무조건 살아내야 했다.

살기 위해 과감히 병원에 사표를 냈고, 다른 일을 알아보기 시작했다. 나는 생뚱맞게도 물건을 파는 영업직을 해보고 싶었다. 한 번도 해본 적이 없는 일이었지만, 새로운 영역에서 나의 능력을 찾아보고 싶었다. 게다가 무엇보다 영업직은 열심히 하면 하는 대로 수당을 챙겨주니 나처럼 절박한 상황의 사람에겐 더없이 좋은 일이라는 생각이 들었다. 나는 기왕이면 단가가 센, 자동차를 팔아보기로 했다.

운 좋게 취업은 되었지만, 자동차 판매일은 생각보다 어려웠다. 자동차를 팔려면 일단 판매하려는 자동차에 관한 공부를 해야 했다. 자동차마다 특징이 다 달랐다. 각각 옵션도 다양했다. 자동차에 관한 공부가 쉽지 않았지만, 나는 고객을 만나 상담하고 그분들에게 필요한 차를 권해드리는 게 재미있었다. 의외로 고객들은 자신에게 맞는 차가 무엇인지 잘 몰랐다. 자동차의 용도에 따라 알맞은 차를 권해드렸고 예산에 맞춰 불필요한 옵션도 빼 드렸다.

팔면 내게 더 많은 수익을 주는 차가 있어도 그런 것은 개의

치 않고 고객의 입장이 되어 필요한 차를 권해드렸다. 기존에 타던 중고차도 최대한 많이 받을 수 있도록 여러 업체를 소개해드렸다. 그래서 몇 달 안 되는 사이 단골도 제법 생겼고, 상담만 받고 가셨던 고객 중엔 다시 오셔서 나를 찾는 분도 제법 있었다.

일도 재미있고 고객들이 만족해하시는 모습을 보며 보람도 느꼈지만 나는 여전히 아이들 걱정에 마음이 편치 않았다. 쉬는 날도 딱히 없이 아침부터 저녁 늦게까지 일하니 아이들을 돌볼 시간이 현저히 부족했다. 늦은 저녁에 퇴근 후 아이들이 먹을 밑반찬을 만들고 대강 집을 치워둬도 다음날이면 다시 엉망이 되었다. 큰 아이들이야 그렇다 쳐도 아직 엄마의 돌봄이 필요한 셋째와 넷째는 과제와 공부도 엉망이 되어 가고 있었다.

그러던 차에 근무하던 매장에서 문제가 생겼다. 매장을 방문해 내게서 상담을 받고 차를 샀던 고객이 거의 매일 매장을 찾아와 차에 대한 불만을 호소했다. 그 고객은 차가 마음에 들지 않으니 환불해달라며 나는 물론이고 매장 대표님과 다른 직원들까지 괴롭혔다. 매장에 찾아와 매일 소리를 지르고 욕설을 하는데 너무나 무섭고 끔찍했다. 더는 버틸 힘이 없어 결국 사표를 냈다.

나는 모든 걸 내려놨다. 병원에서도, 자동차대리점에서도 다시 근무하라고 연락이 왔지만 일을 할 수가 없었다. 이 세상에 내 편이라고는 아무도 없는 것 같았다. 살려고 애를 쓰면 누군가가 달려와서 실컷 짓밟아버리는 기분이었다. 돌부리에 걸려 넘어진 내게 위로나 격려는 고사하고 오히려 나를 밟고 지나가고, 일어서려는 나를 다시 밀치는 듯했다.

나의 고통의 무게와는 별개로, 나는 다시 정신을 가다듬고 일자리를 알아보았다. 삶이 내게 호락호락하지 않아도 나는 어떻게든 내 아이들과 함께 그것을 살아내야 했다. 좋은 옷을 입히고 좋은 음식을 배불리 먹이는 것은 바라지도 않았다. 내가 간절히 바란 것은 그저 내 아이들과 함께하는 것, 그것뿐이었다. 그러나 현실은 그 아이들의 최소한의 삶을 책임지기 위해서라도 나는 일터로 나가야 했고, 그 속에서 어떻게든 살아남아야 했다. 나는 가장이기 때문이다.

남편이 떠나고 외벌이 가장이 되어 보니 그가 긴 시간 동안 짊어지고 있었을 천근 같은 무게가 느껴져 마음이 아팠다. 왜 내게 그런 짐을 지우고 떠났느냐고 원망하기보다는 그와 함께했던 시간 동안 전업주부로서 아이들을 돌보며 편안하게 살 수 있었음에 감사한 마음이 들었다. 게다가 산업 전선으로 뛰어들어보니 그곳엔 나처럼 배우자 없이 홀로 가장이 된 분들이나 맞벌이를 하며 경제적 책임을 나누고 있는 분들도 많았다. 저마다의 처지는 달랐지만 다들 그 비장함 만큼은 닮아 있었다.

힘겨움을 느낄 짬도 없이 녹초가 된 몸을 침대에 누이고, 이내 다시 일으켜 세워야 하는 하루하루를 지나며 나는 나도 모르게 힘을 내고 있었다. 하기 싫은 운동이지만 계속하다 보면 몸에 근력이 붙는 것처럼 나는 가장의 삶을 살아내며 마음의 근력을 키우고 있었던 것이다.

살 고 싶 다 ,
살 아 야 겠 다 !

남편이 살아 있을 때도 나는 늘 아이들을 나 혼자 키운다고 생각했었다. 그런데 그가 떠나고 난 후 아이들을 키우며, 한부모 가정의 힘겨움을 제대로 맛봐야 했다. 경제적인 문제도 문제이지만 무엇보다 아들들이 사춘기를 지나면서 말이나 행동이 거칠어졌는데, 특히 둘째는 제 기분대로 내게 아무 말이나 쏘아붙이곤 했다. 모든 게 싸움의 소재였고 다툼과 분노의 연속이었다. 대화를 해보려고 시도한다는 것이 서로 귀를 막고 소리를 지르고 있는 느낌이었다. 답답함은 이루 말할 수 없었다.

죽고 싶단 생각만 들 정도로 힘든 엄마의 처지를 알 리 없는 아이는 자신들을 제대로 돌보지도 못할 거면서 왜 낳았느냐고 울면서 대들었다. 나는 대꾸할 힘조차 없어 그저 눈물만 흘렸다. 그러던 어느 날, 급기야 아이는 엄마인 나에게 하지 말아야 했을 말을 내뱉었다.

"엄마 때문에 아빠가 돌아가신 거 아니에요?"

물론 둘째와 내가 이런저런 일로 언쟁이 오가다가 아이가 화가 나서 한 말이긴 하다. 그럼에도 나는 그 말을 듣는 순간 큰 충격에 휩싸였다. 안 그래도 나 때문에 남편이 죽은 것 같다는 생각에 괴로울 때가 한두 번이 아니었는데, 누군가가 그 말을 소리 내어 입 밖으로 꺼내 내게 들려주니 가까스로 버티고 있던 마음이 일순간 무너져 내리는 듯했다. 더군다나 다른 사람도 아닌, 내가 그동안 어떻게 살았는지 누구보다도 잘 아는 나의 자식이 그런 말을 하니 기가 막히고 억장이 무너져서 말이 안 나왔다.

분하고 억울했다. 참담함에 차라리 죽고 싶었다. 아이들 때문에 열심히 참고 또 참고 살았는데 상을 받기는커녕 벌을 받는 기분이었다. 비록 철없는 아들이 홧김에 한 말이었지만 심장이 칼에 찔린 듯이 아프고 고통스러웠다. 먼저 떠난 남편이 부러웠다. 이런 꼴을 당할까 봐 똑똑한 남편이 먼저 떠났구나, 늘 셈이 빠르고 정확한 그가 역시나 나보다 계산을 더 잘 했구나 싶었다.

'더 키워봐야 좋은 소리는 못 듣겠구나' 하는 생각만 계속 맴돌았다. 그동안 참고 또 참았던 모든 억울함, 슬픔, 분노들이 올라왔다. 그 무엇보다, 이젠 정말 죽어야겠다는 생각이 강렬하게 올라왔다. 자식한테까지 이런 소리를 들었으니 더는 살 필요가 없겠다는 결론까지 내려졌다.

20년 가까이 밤낮으로 정성을 들여 지은 농사가 아무런 수확이 없이 망쳐진, 허망하고 망연자실한 느낌이었다. 나 때문에 남편이 죽었을지도 모른다는 죄책감이 늘 마음속에 깔려 있었는데, 용케도 둘째가 그것을 건드려줬다. 둘째의 비수는 정확하게 나의 상처에 명중했고, 나는 쓰러졌다.

그날 이후로 나는 거의 침대에서 일어나지 못했고, 마침 여러 문제로 회의감이 들던 직장도 사표를 냈다. 직장에서는 조금 쉬었다 나오라고 했지만 나는 조금이 아니라 오래 쉬어야 할 것만 같았다. 그때부터는 밥을 먹을 때도 눈물이 났다. 그래서 어린 두 딸 앞에서는 밥도 함께 먹을 수가 없었다. 둘째는 내가 우는 것을 봐도 시비를 걸듯이 말했다. 그때마다 나는 설움에 어깨를 들썩이며 발간 눈으로 아이를 쏘아보았다.

아이는 아이일 뿐이라며, 아직 철이 없어서 그런 것이라며 엄마인 내가 보듬고 품어줘야 하는데 생각대로 되질 않았다. 도무지 아이를 받아줄 수가 없었다. 아이의 말에 공감도 안 되고 다독여주기도 싫었다. 나는 파도에 떠밀려가는 작은 잎사귀처럼 아무 방향도 잡을 수가 없었다. 죽고만 싶었다. 어린 두 딸은 뭔가 이상한 느낌이 드는지 내가 우는 모습에 같이 따라 울기 시작했다.

"엄마, 죽으면 안 돼요! 우리랑 오래오래 천 년 동안 살아야 해요!"

나는 딸들을 껴안고 또다시 펑펑 울었다. 아이들 눈에도 엄마가 곧 죽을 것처럼 보였는지, 힘내라는 말이 아니라 왜 우냐고 묻는 게 아니라 죽으면 안 된다고 말을 하니 마음이 아팠다. 하루아침에 아빠를 잃은 아이들이 이제 엄마까지 없어지면 어떻게 하냐며 걱정을 하고 있었다. 너무도 미안했고 아이들이 안쓰러웠다. 이러다간 어린 두 딸까지 우울증에 빠질까 봐 겁이 났다.

나의 이 깊은 우울증에 이어 어린 딸아이들의 불안감, 사춘기 둘째의 반항적인 태도와 우리 가족의 경제적인 문제 등 모든 것이 걱정되기 시작했다. 어떻게 빠져나올지 도통 길이 보이질 않았다. 사방이 캄캄한 어두운 동굴 속에, 숨을 쉴 수 없는 깊은 바닷속에 빠졌는데 누구도 내가 동굴 속에 갇힌 줄 모르고 바다에 빠진 줄도 모르고 있는 것 같았다. 빛 한 줄기 없는 암흑 속에 있는, 완전한 절망 그 자체였다. 희망이 보이지 않았다. 붙잡을 것도 없었고 붙잡고 싶은 것도 없었다. 그저 내가 책임져야 하는 네 명의 아이들만 덩그러니 내 앞에 놓여 있었다. 너무도 버겁게 느껴졌지만 나는 홀홀 벗어버릴 수도 없고 책임질 능력도 없는 무능한 엄마였다. 이러지도 못하고 저러지도 못하는 나는 되려 죽는 것만이 살길처럼 느껴졌다.

어린 두 딸을 생각해서라도 살기는 살아야 하는데, 도무지 힘이 나질 않았다. 나는 마치 기운이 다 빠져나간 100세 노인처럼 걷는 것조차 힘겨웠다. 온 힘을 짜내 겨우 아이들을 챙겨서 학교에 보내고 나면 나는 곧장 침대로 가서 쓰러지듯 누워서 울다가 잠이 들었다가를 반복했다.

조금 정신이 차려지면 간혹 상담심리학 강의를 듣기도 했는데, 하루는 존경하는 교수님의 강의를 유튜브를 통해 우연히 듣게 되었다. 마침 내가 좋아하는 정신분석학자의 이론을 설명하고 있었는데, "청소년 시절에는 부모에게 대들기도 해야 한다. 그리고 부모가 아이와 싸워주기도 해야 아이의 공격성이 밖으로 표출돼 건강한 성인으로 자랄 수 있다. 그런데 아이는 엄마가 불쌍해 보이면 대들지를 못한다. 그래서 엄마가 행복해 보여야 하고 엄마가 힘이 있어 보여야 아이가 맘 놓고 대든다"라는 내용이었다.

그 말을 듣는 순간 나는 침대에서 스프링처럼 벌떡 일어났다. '내가 힘이 있는 엄마구나! 그래도 둘째 눈에는 내가 마냥 불쌍하고 불행하게는 보이지는 않는구나. 그걸 아는 아이가 둘째였구나! 유달리 사랑을 많이 받고 자란 아이여서 그런가?' 하는 생각까지 들었다. 첫째는 엄하게 키운 데 비해 둘째는 무척 자유롭게 키운 편이었다. 혼낼 힘도 없었고 첫 아이를 너무 엄격하게 키운 게 후회가 되다 보니 허용적으로 키우게 됐다. 게다가 둘째를 낳고 모든 일이 잘 풀렸다며, 양쪽 집안의 할머니들이 서로 잘 지내기 시작했다. 또 남편의 사업도 번창하기 시작했다. 그렇게 모두가 넉넉한 마음으로 키워서인지 아이가 거침없이 느껴지는 대로 표현할 수 있었던 것인지도 몰랐다.

강의를 들은 이후로, 나는 정말 신기할 정도로 정신이 맑아지기 시작했다. 둘째가 학교에서 야간 자율학습을 마치고 돌아왔을 때 나는 아이의 손을 꼭 잡으며 말했다.

"둘째야! 고맙다. 엄마가 힘이 있다는 걸 네가 알려줬어! 엄마는 이제 괜찮아!"

영문을 모르는 아이는 눈이 동그래져서는 나를 쳐다보았다. 나는 오늘 있었던 일을 설명해주었고, 아이의 표정도 금세 환해졌다.

"엄마 저도 잘못했어요. 죄송해요!"

"둘째야, 우리 힘내서 다시 시작해보자!"

다시 힘을 내자는 내 말에 둘째도 그러겠노라고 약속했다. 왠지 나도 힘을 내어 다시 시작할 수 있을 것 같았다. 지금 생각해보면 믿기지 않을 정도로 신기한 일이다. 죽고 싶다던 마음으로 가득 찼던 내 마음이 신기하게도 살고 싶다, 살아야겠다는 마음으로 채워졌다. 어린 두 딸의 눈에서 눈물이 아닌 웃음꽃이 피어나게 하고 싶었다.

고통이
또 다른 고통을
치유한다

극적으로 둘째와 화해를 했지만 아이는 아이인지라 툴툴거리는 말투와 행동이 쉽게 나아지질 않았다. 덕분에 불쑥불쑥 터져 나오는 둘째의 반항은 나를 파도에 휩쓸려 떠다니는 빈 병처럼 정신을 차릴 수가 없게 만들었다. 마치 쉬지 않고 뺨을 맞는 듯 당황스럽고 때론 굴욕적이기까지 했다.

나 역시 침대 속으로 빨려 들어갈 듯한 무기력감이 하루아침에 극복될 리 없었다. 아이들을 돌보는 것도 힘들었고, 경제적인 문제도 혼자서 감당하기 버거웠다. 더 힘든 건, 남편이 떠나자 이런 나의 힘듦을 하소연할 곳이 없어졌다는 것이었다. 힘들면 힘들다고 투정하고, 화가 나면 화를 내고 짜증을 부릴 곳이라도 있어야 하는데 이젠 그럴 사람이 없었다. 실컷 욕이라도 하고 나면 분이라도 풀릴 텐데 그 대상이 사라졌으니 억누르고 또 억눌러야 했다. 그야말로 펄펄 끓어오르는 압력밥솥의 압력 조절 밸브가 고장이 나 곧 폭발하면서 주변을 아수라장으로 만들 듯했다.

게다가 나에게 남겨진 네 명의 아이들을 홀로 양육하는 일도 버거운데 친정엄마와 지인들까지 한마디씩 보탰다. "뭐 하려고 애는 그리도 많이 낳았느냐.", "애가 둘만 되었어도 다시 시집을 가볼 텐데.", "시댁에다 애들 다 주고 도망가라" 등등 그들이 위로라고 하는 말들이 내겐 다 죽어가는 사람에게 그냥 죽으라고 하는 말처럼 들렸다. 지금까지 아이들 때문에 버텼는데 그 아이들을 원망하는 것도 모자라 나에게 애들을 내다 버리라고 말하는 것처럼 들렸다. 혼자 잘 먹고 잘 살아보겠다며 아이들을 두고 가는 것은 상상조차 할 수 없는 일이다.

마음이 힘든 상태에 있을 때는 누가 어떤 말을 해도 제대로 들리지 않고 삐딱하게만 들린다. 내가 고생하는 게 안쓰러워서 하는 말이었겠지만 나에게는 전혀 도움이 되지 않는 말들이었다. 오히려 나를 어리석고 멍청하다며 비난하는 말로만 들렸다. 사방이 막혀있는 듯 답답했다. 나의 이런 문제를 풀어줄 사람도 없었고, 영원히 나타나지도 않을 것 같았다. 내가 풀어야 할 문제임에도 도와줄 사람이 없다는 사실만으로 분노하고 속상해하며 절망했다.

사실 남 탓을 하는 게 가장 쉬웠다. 내 안에 절망과 두려움이 가득 찼는데 이러지도 저러지도 못하니 그저 내 주위 사람들을 원망하고 탓하면서 현실을 외면하는 것이다. 몸이 병든 것은 병원에 가서 원인을 찾아 수술하거나 약을 쓰면 대부분 치유가 된다. 하지만 나처럼 마음이 병든 상태는 딱히 찾아갈 곳도 이야기할 데도 없다. 그저 현실을 부정하며 어둠 속에 자신을 가두곤 무턱대고 아무나 원망할밖에. 이런 상황에서 이러는 게 당연하다며, 나는 나를 정당화하고 있었다.

그러다 문득, 이런 못난 엄마의 모습에 아이들마저 마음이 병들게 될까 봐 겁이 났다. 안 그래도 아비 없는 자식이 되어버린 게 미안하고 안쓰러워 견딜 수가 없는데, 엄마까지 잘못된다면 내 아이들은 어떻게 되겠는가. 나는 이제 컴컴한 동굴에서 나와 뭔가를 해야만 한다는 사실을 직감적으로 알았다.

이전까지 나는 병원에서 개인 상담치유만 받고 있었다. 나는 문득 상담치유세미나에 참석해 집단상담 심리치유를 받아야겠다는 생각이 들었다. 병원에서 계속 권유했었으나 다른 사람들 앞에서 내 이야기를 한다는 것이 그다지 내키지 않았고, 무엇보다 심리치유에 참여하는 며칠 동안 아이들만 집에 둔다는 것이 꺼려졌다. 하지만 나를 먼저 추스르는 게 아이들을 위한 일이란 걸 잘 알기에 아이들에게 단단히 당부를 해두곤 짐을 챙겨 집을 나섰다. 그것이 나의 치유와 회복의 첫 발걸음이었다.

나는 그곳에서 내가 겪은 그 일을, 사람들 앞에서 상한 음식을 먹은 사람처럼 마구 토해냈다. 아무에게도 말할 수 없었던 그 무거운 이야기들을 더는 가슴에 눌러 담아놓을 수 없었다. 복받치는 울음을 삼키다 끝내 통곡이 터져 나왔다. 처음이었다. 남편을 보낸 후 통곡하듯이 시원스레 울어본 것이.

나의 울음에 같이 있던 사람들도 잇따라 울었다. 그런데 옆에 있던 여성분이 더 크게 울며 갑자기 나를 끌어안았다.

"그래도 나보다 나아. 나보다 나아!"

그분은 짐승처럼 울부짖었다. 나는 꺼이꺼이 울면서도, 도대체 무슨 사연이 있길래 이런 말씀을 하시나 해서 그분의 말에 귀를 기울였다.

"작년에 스물세 살 꽃 같던 내 딸이 죽었어. 나보다 나아, 그래도 나보다 나아."

그녀는 금방이라도 혼절할 것처럼 큰 소리로 울부짖었다. 나는 심장이 멎을 듯 가슴이 아팠다. 다른 이의 고통에 그런 깊은 공감을 한 적이 처음인 듯했다.

그녀의 얼굴빛이 유난히 흙빛이었던 이유를 그제야 알 것 같았다. 얼마나 속이 타들어 갔을까. 나는 갑자기 할 말을 잃었다. 이제까지 나는 내 고통이 제일 큰 줄 알았다. 그런데 그녀의 고통 앞에서 나는 부끄러워졌다. 뭐라고 위로의 말조차 할 수 없었다. 자식이 꽃다운 나이에 세상을 떠났으니 얼마나 속이 문드러지고 찢어졌을까.

우리는 생면부지의 남이었지만 가장 밑바닥의 고통을 공감하는 이로서의 진한 동지애를 느꼈다. 뜨겁게 흐르는 눈물과 콧물이 범벅된 채 부둥켜안고 방을 나뒹굴었다. 말로 표현하기조차 힘든 그 한을 우리는 서로를 껴안고 동물과도 같은 처절한 절규로 풀어내고 있었다.

남편이 떠난 후 나는 그 누구도 내 고통을 알 수 없다고 생각했다. 그런데 그날 처음으로 그 생각에서 빠져나올 수 있었다. 나의 고통을 알아주는 누군가가 있다는 것을 느낌으로써,

어쩌면 더 많은 이들이 나와 같은 고통을 겪고 있을지도 모른다는 생각까지 하게 되었다. 게다가 그날의 뜨거웠던 몸부림은 신기하게도 나에게 치유의 물꼬를 터주었다. 누군가의 상처 난 가슴을 끌어안고 함께 울어주는 것은 노력한다고 되는 일도 아니고 흉내 낼 수도 없는 영역이다. 그것은 그 길을 통과해보지 않은 사람이라면 결코 뿜어져 나올 수 없는 강력한 힘이었다. 함께 엄청난 고통을 통과했다는 것만으로도 위로가 되었고 동질감을 느꼈다. 나는 그녀를 통해, 그녀는 나를 통해 우리는 자신을 조금씩 치유해 나가고 있었다.

개인 상담치유에서는 결코 얻을 수 없는 집단상담 심리치유의 놀라운 힘을 경험한 덕분에, 나는 이후로도 꾸준히 치유 세미나에 참여했고, 덕분에 빠른 회복의 길을 걷게 되었다. 물론 개인 상담치유도 병행했다. 그래야 객관적인 나를 검증받을 수 있고 무의식의 상처까지 더 깊게 풀어내며, 삶의 미숙한 부분도 코칭받을 수 있어 빠르게 회복의 길을 갈 수 있기 때문이다.

살 아 있 는
소 나 무 가 들 려 준
이 야 기

상담치유세미나의 집단상담 심리치유를 통해 내 마음은 한결 가벼워졌다. 안색도 좋아지고 주름살마저 펴진 듯했다. 예전 보다는 조금 더 환해진 모습으로 미소까지 지을 여유가 생겨 났다.

"엄마, 매일 세미나 다녀오셔도 돼요. 아무 걱정하지 마시고 또 가세요. 우리끼리 학교 잘 다녀올게요!"

아이들은 밝아진 나를 보는 게 자기들끼리 학교에 가는 불편함보다 훨씬 나았던가 보다. 미안하기도 하고 고맙기도 했지만, 무엇보다 저보다 엄마를 먼저 염려하는 아이들의 여린 마음이 안쓰러웠다.

첫 집단상담 심리치유 후 한 달이 채 지나지 않았을 무렵, 나는 복잡한 감정을 뒤로하고 다시 짐을 챙겨 2박 3일의 여정을 떠났다. 이번에는 친한 후배가 남편의 외도 때문에 많이 힘들 때 큰 힘을 얻고 마음을 치유할 수 있었다며, 적극 추천을 한 곳으로 향했다.

치유가 시작되고 나의 차례가 되자 코끝이 시큰해졌지만, 그래도 처음보다는 더 편안하게 나의 이야기를 할 수 있었다. 이야기가 끝나자 상담 선생님께서 나를 앞으로 나오라고 하셨다.

"남편분께 들었어야 할 이야기인데 못 들은 게 있으시죠? 그게 뭔지 알겠어요?"

갑작스러운 질문에 나는 깊게 생각할 짬도 없이 "당연히 아이들과 잘 살라는 말 아닐까요?"하고 되물었다. 선생님은 내게 눈을 감아보라고 하셨다. 그러고는 부드러운 목소리로 내게 말했다.

"미안해."

짧디 짧은 그 한 마디에 나는 갑자기 울음이 터져 나왔다.

이번에는 울지 않을 것 같았는데 어디에 숨어 있던 울음인지 그 슬픔이 또 밀려 나왔다. 마치 남편이 내게 진심으로 미안하다고 말하는 것처럼 느껴졌다.

"나도 미안해! 나도 미안해!"

나는 너무 미안해서 몸조차 가눌 길이 없었다. 미안하다는 말만 되뇌며 아예 옆으로 누워버렸다. 조금 진정되자 선생님은 왜 그런 상황이 될 때까지 헤어지지 않고 참고 살았냐고 물었다. 나는 그가 언젠가는 술을 끊고 가족과 함께 장도 보고 산책도 하는, 좋은 남편 좋은 아버지가 될 줄 알았다고 했다. 선생님은 나를 물끄러미 보시더니 큰 소리로 말했다.

"택도 없는 소리 하네!"

느닷없는 말에 당황스럽기도 했지만 한편으론 내게 정말 필요한 일침이란 생각이 들었다. 그런 헛된 기대를 움켜쥐며 나는 스스로 고통을 자처하고 있었던 듯했다.

그렇게 또 한 번의 치유의 시간이 끝나고 잠깐 쉬는 시간을 가졌다. 그때 함께하던 팀원 중의 한 분이 내게 다가와 조용히 말했다.

"남편이 자기를 안 죽이고 갔네. 진짜 사랑했나 봐!"

"네? 절 안 죽이고 가다니요?"

나는 화들짝 놀라며 무슨 의미의 말인지 물었다.

"어떤 집은 아내가 헤어지자고 했는데 남편이 싫다며 며칠을 티격태격 싸우다 결국 남편이 아내를 죽이고 본인도 자살했거든. 그것도 집에서! 다음 날 아이들이 그 처참한 현장을 봤는데, 얼마나 충격이었겠어."

그분은 남편이 나와 아이들을 위해 그런 처참한 상황까지 벌이지 않은 것이 얼마나 다행스럽고 고마운 일이냐며, 이 또한 남편의 사랑일 것이라고 했다.

나는 머리를 망치로 한 대 얻어맞은 기분이었다. 남편이 그 정도의 사람은 아니라고 믿지만 죽기로 마음먹은 상황에서 이성을 잃으면 그럴 수도 있겠다는 생각도 들었다. 다행히 그는 그렇게 하지 않았다. 더군다나 나와 아이들이 놀랄 것을 염려해 일부러 집과 멀리 떨어진 곳에서 혼자 떠났다. 그것이 남편의 속 깊은 배려였다고 생각하니 갑자기 그가 가엽고 고마운 사람이라는 생각이 들었다. 나는 또다시 울지 않을 수 없었다.

둘째 날 아침에 나는 근처 산에 올라 숲속을 거닐었다. 아침 햇볕이 제법 따가워 그늘을 찾아 걸어 보려고 했지만 큰 나무들조차 긴 그림자를 만들어내지 못하고 있었다. 그렇게 나무들이 줄지어 서 있는 길을 무작정 걸어가고 있는데 유독 길게 가지를 뻗어 그늘을 만들고 있는 한 소나무가 눈에 들어왔다. 나는 터벅터벅 그 앞으로 걸어가 멈춰 섰다.

그 울창한 소나무 곁에는 죽은 소나무 한그루가 버티고 있었다. 자세히 보니 죽은 소나무는 살아 있는 소나무의 울창한 가지를 지탱하고 있었다. 신기하다는 생각과 함께 왠지 모를 뭉클한 감동이 전해져왔다. 살아 있는 소나무의 옆에서 여전히 하나가 되어 있는, 죽은 소나무의 모습이 마치 남편인 듯하여 애처롭기까지 했다. 그때였다. 살아 있는 나무가 내게 말을 해왔다.

"죽었다고 끝난 게 아니야! 지금 내 옆에 있는 이 죽은 소나무가 나를 지탱하고 있기에 내가 가지를 멀리 뻗을 수 있는 거야. 게다가 이 나무는 죽었기 때문에 더 이상 나를 찌르지도 않아. 나를 받쳐주고 있어서 그늘을 넓게 만들고 사람들도 쉬었다 갈 수 있는 거야! 죽었다고 다 끝난 게 아니야!"

나도 모르게 눈물이 흘러내렸다. 그제야 죽은 소나무의 사랑을 깨달은 살아 있는 소나무의 마음이 내게로 전해졌다. 내가 저 소나무처럼 풍성한 가지를 뻗어 사람들이 쉬었다 갈 수 있는 그늘을 만들어낼 수 있다면, 그건 죽어서 나를 지탱하고 있는 남편 덕분이라는 생각이 들었다.

그 앞에서 한참이나 서 있었다. 답답했던 가슴 한구석에서 시원한 바람이 불어오는 듯했다. 마음이 가벼워졌다. 오랜만에 평온했고 고요했다. 남편을 향한 원망이 나의 눈물과 함께 녹아내리고 있었다. 죽은 소나무의 검은 껍질과 여기저기 벗겨지고 이끼가 낀 모습은 그 어떤 소나무보다 늠름하고 진솔하게 보였다. 제 옆에 살아 있는 소나무의 가지를 더 늠름히 뻗어나게 해주려고 우직하게 버티고 서 있는 죽은 소나무가 멋있어 보이기까지 했다. 살아 있는 동안 서로 더 뻗어보려 다퉜다면, 이젠 서로를 찌르거나 상처 줄 일도 없이 함께 서 있을 수 있게 된 것이다. 그래서 오히려 더 믿음직스러워 보였다.

이제야 둘은 어우러졌다. 살아 있는 소나무는 더 아름답게 빛나 보였다. 이제부턴 너도 잘살아보라는 듯이 소나무 가지가 내게 손을 흔든다. 사람들이 쉬었다 갈 수 있는 그늘을 만들어 보라고 말이다. 마음이 따뜻해졌다. 무언지 모를 힘도 생겨났다. 어쩌면 지나간 시간과는 다른, 멋지고 희망찬 미래가 펼쳐질지도 모른다는 기대에 설레기까지 했다. 나의 마음이 바뀐 것이다. 그토록 나를 고통스럽게 하고 우울하고 외롭고 비참했던 마음이 울타리를 활짝 열고 나와 다른 세계로 한 발

내딛는 순간이었다. 살 것 같았다. 그제야 숨이 제대로 쉬어지는 듯했다.

다시 내려오는 길에 아까는 보지 못했던 파란 하늘을 보았다. 그리고 파란 하늘에 끝도 없이 펼쳐진 거대한 구름을 보았다. 큰 호수도 눈에 들어왔다. 그 호수 위로 파란 하늘과 흰 구름이 나란히 쌍을 이뤄 멋지게 펼쳐져 있었다. 잠자리가 짝을 지어 날아다니고, 이름 모를 예쁜 나비들이 꽃에 앉았다가는 어디론가 날아가기도 했다.

내친김에 호수 근처에도 보았다. 제법 큰 물고기들도 보이고 흰색의 우아한 자태로 천천히 헤엄치는 물고기도 보인다. 다양한 들꽃들과 호박꽃이 어우러진 덩굴도 눈에 들어온다. 분명 이 길로 올라왔는데, 올라올 때는 보지 못했던 전혀 새로운 풍경들이다.

예정된 일정을 모두 마치고 집으로 향하는 길은 발걸음마저 빨라졌다. 어서 아이들을 만나고 싶은 마음에 한달음에 달려왔다. 현관문을 열자마자 아이들이 서로 내게 달려들어 나를 끌어안았다. 환하게 웃는 내 얼굴을 확인하곤 아이들은 지난번보다 훨씬 더 좋아진 것 같다며 기뻐해주었다. 또 한 번 울컥하고 눈물이 날 것 같았다.

그동안 내 표정만 살피며 염려했을 아이들의 마음이 느껴지니 미안함과 고마움이 밀려왔다. 나는 가슴이 으스러지도록 아이들을 꼭 안아주었다.

셀프
허그라도
괜찮아

"한번 안아볼 수 있을까요?"

집단상담 심리치유에서 내가 남편과 사별한 이야기를 했던 날이다. 예정되었던 일정이 모두 끝나고 참석자들이 하나둘 상담실을 빠져나갈 때 어느 부인이 내 옆으로 바짝 다가와서는 두 팔을 벌리며 허그를 한번 하고 싶다고 했다. 나는 뜬금없는 말에 당황스러웠다. 그녀는 나를 안으며 자신도 사별했노라고 이야기를 꺼냈다. 그녀는 남편이 죽은 지 2년이 지났지만 아직도 그 사실이 믿기지 않고, 아무에게도 말하고 싶지 않다고 했다. 그녀의 등을 토닥여주며 만감이 교차했다.

그녀는 슬픔에서 벗어나기 위해 아이들과 여행도 많이 다녔다고 했다. 그러나 여전히 슬픔은 줄어들질 않는다며 울먹였다. 여러 차례 상담도 받아보았고 지인들도 위로를 해주었으나 별달리 도움이 되지 않았다며 답답해했다. 마음이 아팠다. 사별을 경험해보지 않은 사람들이 남겨진 배우자의 고통을 어떻게 알 수 있겠는가. 사람들의 서투른 위로는 오히려 내게도 상처가 되었다. 아마도 그분 역시 그러한 경험을 했던 모양이었다.

그런데 그녀와 이야기를 나눌수록 같은 사별임에도 느낌은 전혀 다르게 다가왔다. 그녀는 남편에게 고마움과 애틋함을 간직하고 있었으며, 그와의 사랑을 잊지 못하고 있었다. 게다가 다행히도 그녀의 남편은 남은 가족이 경제적으로 힘들지 않게 준비를 해두었다고 했다. 당장 먹고사는 문제 때문에 고민해야 할 일이 없어서인지 그녀는 지난 2년 동안 슬픔의 늪에서 방황만 한 듯했다. 적어도 다섯 가족의 가장이 되어 생계를 꾸려가야 하는 내 눈에는 그래 보였다.

그녀를 위로하면서도 사실 나는 그녀가 부러웠다. 모든 면에서 나보다 훨씬 나아 보였다. 일단은 남편에 대한 그 깊은 사랑과 그리움이 부러웠고, 경제적인 어려움이 없기에 아이들을 키우는 것도 상대적으로 수월하게 느껴졌다. 아이들도 아버지에 대한 존경심과 사랑이 있었기 때문에 긍정적인 아버지상이 자리하고 있었다. 굳이 나와는 비교할 필요도 없었고, 비교 대상도 되지 않았다. 남편의 죽음의 방식부터가 달랐고, 이후의 모든 것들도 너무도 달랐다.

나는 같은 사별이라도 최악의 사별을 경험한 느낌이었다. 그녀를 위로해주어야 하는 게 아니라 내가 위로를 받아야 할 것 같았다. 그러나 신기하게도 그녀는 이런 나를 보고 위로를 받았고 힘을 얻었다. 저런 최악의 상황에서도 견디고 버티고 살아내는구나, 하고 말이다. 나는 네 명의 아이도 키워야 하고 경제적인 문제도 해결해야 하는 상황이었다. 그 어디에도 안정감이라고는 찾아볼 수 없는 상황이다.

차가운 시멘트 바닥 사이에서 피어난 풀꽃처럼, 나는 아무것도 하지 않았지만 존재 자체로 그 누군가에겐 힘이 되고 위로가 되고 있었다. 아이들을 돌보고 직장에서 일하는 나의 소소한 노력이 누군가에겐 힘이 되고 위로가 된다니 신기했다. 덕분에 나도 힘이 생기는 듯했다. "그래! 어떻게든 아이들과 버티자! 살아내자! 죽지만 말자. 아이들 옆에서 버티고 있기만 하자!"라는 생각이 들었다.

물론 그날 이후에도 나는 여전히 슬퍼하고 절망하고 힘들어한다. 순간순간 무기력해지고, 내가 과연 잘 버티고 잘 살아낼 수 있을까 하는 의문 속에 갑자기 빠져버릴 때도 있다. 이렇게 살다가 그냥 늙어 할머니가 되어 죽어버리는 것은 아닌지 하는 절망감이 들기도 한다. 하지만 그런 생각에 이제는 오래 머무르지 않는다. 미미하지만 그것에 머무는 시간과 깊이가 줄어들고 있음을 느낀다.

이제는 단순해지기로 했다. 오늘 나에게 주어진 햇살에 감사하고 일을 할 수 있음에 감사하기로 했다. 아이들이 내 옆에서 하루의 일과를 재잘거리는 것을 감사하며, 그들을 위해 따뜻한 밥을 지을 수 있음에 감사하며 순간을 누리고 집중하기로 했다.

"실패한 사람들은 과거를 후회하고 미래를 걱정하며 현재는 미룬다."

심리상담을 해주셨던 선생님께서 해주신 말씀이다. 나의 이야기였다. 그동안 나는 과거를 후회하고 미래를 걱정하느라 현재의 소중한 것들을 수도 없이 놓쳤다. 다행히 요즘 나는 내 생각이 과거로, 혹은 미래로 흐르지 않도록 잡아두는 연습을 하는 중이다. 그리고 '행복한 가정은 이런 모습이어야 된다'라는 나만의 고정관념과 틀을 깨나가고 있다.

반드시 아버지가 있어야만 가정이 행복한 것은 아니다. 아버지가 있는데 불행한 가정이 너무도 많다. 경제적으로 여유가 있어야 행복한 것도 아니다. 돈이 많아도 불행한 가정은 얼마든지 있다. 건강이 행복을 보장하는 것도 아니다. 건강한데도 불행한 사람은 주변에 널려 있다. 비록 아버지가 없는 가정이지만 아이들과 나는 주어진 상황 속에서 최대한 행복을 누리고 즐겁게 살려고 노력 중이다. 우리는 우리가 할 수 없는 일에는 미련을 버리고 할 수 있는 일에는 각자 최선을 다하기로 했다. 일단 할 수 있는 것부터 하나하나 다시 시작해보기로 했다.

나는 내 아이들이 독립심이 강한 건강한 사람으로 자라나길 바란다. 그러려면 엄마인 내가 먼저 독립적인 사람이 되고 건강해져야 했다. 아내라는 말이 '안의 해'라더니 맞는 말이었다. 내가 활기차면 아이들도 환하게 웃으며 힘이 넘쳤고, 내가 우울해 있으면 아이들도 금방 우울해지고 집안 전체가 암울하고 슬픔에 잠겨버리고 말았다. 나의 모든 것들이 그대로 아이들에게 흘러가고 있었다.

남편이 떠난 후에 나는 내가 혼자라는 사실에, 세상에 나를 도와줄 이가 아무도 없다는 사실에 깊은 우울감을 느꼈다. 이런 우울감을 떨치기 위해선 생각을 바꿔야 했다. 나를 도울 사람이 아무도 없다면 내가 나를 도와야겠다는 생각을 한 것이다.

모든 걸
내려놓는
시간

심한 우울증으로 도저히 직장을 다닐 수 없는 지경까지 된 적이 있다. 무력감에 너무 시달리다 보니 더는 아무것도 못 할 것 같았다. 아이들을 돌보는 것은 물론이고 상담을 받으러 갈 힘도 나지 않았다. 그나마 겨우 했던 것은, 책을 읽거나 인터넷으로 심리치유와 관련한 강의를 듣는 것이었다.

하루는 어느 정신과 전문의의 강의를 듣게 됐는데, 그분은 우울증이 심한 사람은 아기처럼 무작정 자고 먹고 쉬어야 한다는 이야기를 했다. 그 이야기를 듣는 순간, 나는 그것이야말로 지금 내게 정말 필요한 치유라는 생각이 들었다. 이미 나는 아무것도 하고 있지 않은 상태였지만 아기와 같은 편안함이라곤 찾아볼 수 없었다. 통장의 잔고는 바닥을 드러낸 지 오래인 데다, 당장 아이들을 먹이고 공부시킬 생활비조차 없다는 사실에 쉬어도 쉬는 게 아니었다. 돈 걱정과 아이들 걱정에, 굽은 허리로 가파른 고개를 오르는 노인처럼 마음은 힘겹기만 했다.

그렇게 이불 속에서 긴 한숨만 내쉬고 있을 때, 문득 예전에 부모님들이 자식을 가르치려고 소도 팔고 논도 팔았다는 이야기가 떠올랐다. 어느 부모님께서는 집을 팔아 자식들의 공부를 가르치기도 하셨다고 한다. 그러고 보니 집 한 칸도 없이 맨몸으로 세상에 던져진 것보단 훨씬 나았다. 비록 지방의 소도시라 집값도 얼마 하지 않고, 대출까지 꽤 받은 상태이긴 했지만 그래도 내겐 집이 있었다.

그냥 이렇게 죽나 집을 날리고 거리에 나앉나 별반 다를 게 없이 느껴졌다. 차라리 아이들과 거리에 나앉더라도 살아서 함께 있는 게 더 낫겠다는 생각이 들었다. 남편이 심한 우울증세로 죽음을 선택했는데 나까지 그 길을 가서는 안 된다는 생각뿐이었다. 여기서 멈추지 않으면 나도 모르게 죽음의 문턱 앞에 서 있을 것만 같았다. 나는 살아남아야 했다. 솔직히 살고 싶었다.

담보대출을 받아서 샀던 아파트에서 추가로 대출을 더 받기로 했다. 그 돈을 까먹으며 살더라도 당장 목구멍까지 차오른 우울감을 가라앉혀줄 필요가 있었다. 봄날의 힘찬 도약을 위해 겨우내 죽은 듯이 잠을 청하는 개구리처럼 다시 인생을 시작하려면 시간이 필요하다는 사실을 받아들이기로 했다.

나는 잠깐의 멈춤이 오히려 더 좋은 전환점이 될 수 있을 거라며 나 자신을 다독였다. 빚은 늘겠지만, 아이들과 함께하며 학교 갈 때 아침을 차려주고, 모두 모여앉아 따뜻한 저녁을 먹을 수 있다. 엄마의 온기가 느껴지는 편안한 분위기 속에서 잠들게 해줄 수 있다. 그리고 무엇보다 내가 진짜 하고 싶은 일을 찾을 수도 있다. 이런 행복한 상상들이 이어지자 몸과 마음의 건강을 회복해서 힘차게 살아간다면 빚은 그다지 큰 문제가 되지 않을 것 같았다.

추가대출을 받으러 은행에 갔을 때 겁이 나기보다는 위로가 됐다. 죽기를 각오하자 더는 겁나는 게 없어졌다. 빚은 더 늘었지만 신기하게도 마음이 따뜻해지고 용기가 생겼다. 요즘도 가끔 대출통장의 내역을 살펴보면 간이 철렁 내려앉지만, 다시 그때로 돌아가도 나는 빚을 내어서라도 나와 내 아이들을 돌볼 시간을 샀을 것이다.

통장에 돈이 두둑하게 들어오자 어디서 그런 배짱이 생겼는지 나는 일단 하고 싶은 대로 막 질러보았다. 아이들을 모두 데리고 대형마트에 갔다. 나는 아이들에게 먹고 싶은 것을 마음껏 골라오라고 했다. 아이들은 평소와는 다른 엄마의 태도에 눈이 휘둥그레지면서 "엄마 진짜죠! 로또에라도 당첨되신 거예요?"라며 마냥 신기해했다. 아이들이 각자 먹고 싶은 것을 골라오는 동안 나는 휴지와 세제 등 생필품을 넉넉하게 챙겨 담았다.

우리는 늦은 저녁에 아이스크림이 먹고 싶을 땐 망설임 없이 편의점으로 향했다. 할인마트보다 배로 비싼 가격에 엄두가 안 났던 편의점 아이스크림을 두 개씩이나 고르게 해주었다. 양손에 아이스크림을 쥐고 콧노래까지 흥얼거리며 집으로 향하는 아이들의 얼굴이 달보다 더 환하게 빛났다.

막상 해보니 큰돈이 드는 것도 아니고 골라봐야 별것도 없었다. 그런데 그동안은 마음의 여유가 없었던 탓인지, 아이들이 먹고 싶어 하는 것도 쉽게 사주지 못한 적이 많았다. 단돈 몇천 원, 몇만 원이었지만 그것을 아무런 망설임 없이 쓸 수 있다는 것만으로도 우리는 엄청난 즐거움을 느꼈다. 게다가 신기하게도 이렇게 마음껏 장을 보다 보니 나중엔 별달리 먹고 싶고 사고 싶은 게 떠오르지 않을 정도로 마음이 채워졌다. 심지어 우리는 마치 부자라도 된 듯한 여유로움마저 생겨났다.

남편이 떠났을 때 사람들은 내게 말했다. 아이들을 위해서라도 하루빨리 일어나야 한다고. 어서 정신을 차리고 일어나 다시 정상적인 일상을 살아가라고. 아무도 내게 충분히 아파하고 충분히 쉬면서 네 마음부터 돌보라고 말해주질 않았다. 오히려 넘어져서 피가 철철 나는 내게 어서 벌떡 일어나 다시 뛰라고 소리쳤다.

나는 그들의 말처럼 다친 나의 몸을 돌볼 시간도 없이 다시 벌떡 일어나 아이들을 들쳐메고 달리기 시작했다. 그러다 결국 얼마 가지 못해 고꾸라진 것이다. 억지로 짜내던 힘이 바닥을 보이고, 더 깊은 늪으로 몸과 마음이 빨려 들어가고 나서야 비로소 깨달았다. 책임감에 짓눌려서 허덕이기보다는 모든 걸 내려놓는 용기도 필요하다는 것을.

그래야 우리는 오늘을 살 수 있다

흔히들 과거는 이미 지나간 일이라 돌이킬 수 없다고 한다. 틀린 말이다. 돌이킬 수 없는 과거도 있지만 돌이킬 수 있는 과거도 있다. 남편이 떠난 것은 돌이킬 수 없는 과거이지만, 그의 죽음을 해석하는 나의 그릇된 생각은 다시 돌이켜 좋은 생각으로 돌려놓을 수 있는 과거이다.

'그의 죽음이 나를 시궁창에 밀어넣은 것이 아니다. 그는 치졸한 것도 아니었고 비겁한 것도 아니었다. 나 때문에 죽음을 선택한 것도 아니었다. 그의 죽음에 어떠한 이유나 의미, 생각

도 더하거나 뺄 필요가 없다. 그는 죽었고 나는 살았다. 그는 죽음을 선택했고 나는 살기를 선택했다.'

나는 고통스러운 생각이 들 때마다 심리치유에서 배운 대로 이 같은 생각을 반복해서 떠올렸다. 부정으로 채워진 과거에서 벗어나 내게 주어진 이 하루 이 순간을 긍정으로 채우며 다시 시작해야 했다. 그것만이 내가 살 수 있는 유일한 방법이었다.

나는 아이들과 마주하고 있으면서도 수시로 과거와 미래의 복잡한 생각 속으로 빠져들었다. 나는 남편이 살아 있을 때부터 혼자 아이들을 돌봤는데, 그것이 남편에 대한 불만으로 남아 있었다. 그리고 남편이 떠났으니 지금부터 꽤 오랜 시간을 혼자서 아이들을 돌봐야 한다는 걱정에 빠져 있었다. 이렇듯 과거의 경험에 대한 감정과 미래의 예측되는 상황에 대한 감정으로 나는 현재의 즐거움을 누리지 못하고 있었다.

직장에 있는 시간 동안 나는 한순간도 아이들 생각을 놓지 않으면서 정작 함께하는 시간에는 과거와 미래의 불만과 걱정을 품곤 현재의 즐거움과 기쁨을 누리지 못했다. 이런 걱정과 불안, 후회가 모두 허상에 불과한데도, 나는 그것들을 생각하느라 그 허상에서 헤어나지 못하고 있었던 것이다. 나는 이 사실을 상담심리학을 공부하면서 뒤늦게 알게 되었다. 그리고 집단상담 심리치유를 받으며 더욱 확실하게 깨닫게 되었다.

집단상담 심리치유를 받을 때의 일이다. 선생님은 '인생을 살면서 가장 화났던 일'을 한 가지씩 말해보라고 했다. 나는 둘째가 "엄마 때문에 아빠가 돌아가신 거 아니냐"는 말을 했을 때 무척 화가 났다고 했다. 그러자 선생님은 "그게 왜 화가 날 일이냐?"고 물었다. 황당했다.

"화가 날 일이죠. 제가 얼마나 참고 고생하며 희생했는지 잘 알만한 나이인데도 그렇게 말하니 정신을 잃을 정도도 상처를 받았고 화가 났습니다."

한참 침묵이 흘렀고, 질문은 다시 건너편의 어느 여자분에게로 던져졌다. 그분은 빚쟁이들이 집으로 찾아오자 남편이 장롱 속으로 숨어 들어간 것에 무척 화가 났었다고 했다. 이번에도 선생님은 냉정한 표정으로 "그게 왜 화가 날 일이냐?"고 물었다.

"얼마나 무책임하고 무능합니까? 아내와 아이들을 내팽개치고 혼자 살겠다고 장롱 속으로 숨어버렸는데 당연히 화가 나죠!"

나는 고개를 끄덕였다. 내가 생각해도 화가 날 일이었다. 그런데 그날 치유에 참여했던 10여 명이 하나같이 같은 질문을 반복해서 받았다. 그때마다 선생님은 "그게 왜 화가 날 일이냐?"를 우리 모두에게 묻고 또 물었다. 이런 상황이 반복되니 점차 뭔가가 느껴졌다. 나를 화나게 한 것은 그들의 행동과 말에 붙인 나만의 해석과 판단, 그리고 내 기대와 맞지 않았을 때 일어나는 분노라는 것을 알아차리기 시작한 것이다.

나는 둘째가 나의 수고와 헌신을 모르면 안 된다는 나의 틀과 기대로 그 아이의 말을 평가했고, 그 결과 마음이 상하고 화가 났던 것이었다. 이런 나의 틀과 기대를 버렸다면 어땠을까? 둘째가 충분히 그런 말을 할 수 있다는 것을 인정하고 받아들였다면 화가 나는 일은 없었을 것이다.

치유가 마무리될 때쯤 우리는 긴장과 분노에서 해방된 자유로운 영혼이 되어 있었다. 나는 비로소 "둘째가 그냥 그렇게 물어본 거였네요!"라며 너털웃음을 지을 수 있었다.

이렇듯 나의 과거는 내가 만들어낸 이야기였다. 일어난 사건에 나만의 생각과 해설, 주관적인 느낌이 더해져 실제와는 다른, 만들어진 이야기로 변해 있다는 것을 알게 됐다. 충격에 가까운 깨달음이었다. 그러고 보니 나의 기억은 나 자신에 의해 조작됐을 가능성이 컸다. 일어난 사건에 내 생각이 더 많이 덧붙여졌고, 게다가 해석 또한 완전히 제멋대로였다.

미래도 거짓이긴 마찬가지였다. 아직 일어나지도 않은 불분명한 일에 나는 너무 많은 걱정과 불안을 느끼고 있었다. 말 그대로 오버한 것이다. 세계적인 신경뇌과학자이자 우울증 전문가인 앨릭스 코브는 자신의 저서 《우울할 땐 뇌과학》이란 책에서 관계를 회복하고 걱정과 불안을 줄이며 우울한 생각과 기분의 무게를 덜어주는 효과적이고 실질적인 방법을 이야기하고 있다. 그는 "걱정과 불안은 자신을 미래에 투사하는 일이므로 현재에 완전히 몰두하면 걱정과 불안은 존재하지 않는 허상이 된다. 그러니 바로 지금 일어나고 있는 일에 주의를 기울이자. 초점을 바로 지금 일어나는 일로 옮기자"라고 조언한다.

이 외에도 뇌과학과 관련한 여러 권을 책을 읽으며 나는 내가 왜 그리 부정적이고 우울한 상태로 살아왔는지 알게 되었다. 유전적 요인도 있었으나 생활습관과 같은, 오롯이 나 자신의 문제도 많았다. 운동을 하지 않는 것, 그리고 그로 인해 밤에 숙면을 취하지 못한 것, 낮이 되면 피곤함이 가중돼 아이들을 돌보는 것이 힘겹게만 느껴진 것 등 작고 사소한 생활습관이 고리처럼 연결돼 부정적인 생각과 우울까지 연결되기도 했다.

　내게는 좋지 않은 버릇이 또 있었는데, 늘 옳은가 그른가의 이분법적인 잣대로 상황을 판단한다는 것이다. 게다가 기준도 내 마음대로라서 남편과 관련한 일들은 대부분은 부정적인 평가를 하며 연이어 비난하고 나 자신을 불행 속으로 밀어 넣었다. 더군다나 이러한 일들은 나도 모르게 일어나고 있는 본능과도 같았다.

　책을 읽고 강의를 들으면서 나는 내 불행의 원인을 하나하나 찾아내었다. 그 결과 더는 남편 때문에 불행했다는 말을 할 수 없게 되었다. 게다가 삶에는 옳으냐 그르냐, 선이냐 악이냐를 따질 필요가 없는 문제가 허다하다. 늘 그렇게 따지고 물어 왔던 탓에 내게 남은 것이라고는 불평과 불만이 대부분이었다. 그나마 뒤늦게라도 더는 남 탓을 하지 않게 되었다는 것이 다행스러웠다.

　한편, 어릴 때 학대당했던 사람들은 불공평하게도 더 학대적인 관계로 들어간다는 것도 알게 되었다. 그래서 반드시 상담이나 여러 통로로 무의식적인 반복의 원인을 찾아야 하며, 이를 의식화해야 한다. 무의식을 의식화하는 것만으로도 반은 치유된 것이라고 한다.

심리학 박사인 한성열 교수님께서 상담하셨던 내담자의 이야기다. 어떤 남자가 자신의 아내만 보면 자꾸 욕을 하게 되어 이혼 위기 앞에 상담실을 오게 되었다고 한다. 그는 상담을 받던 중 어릴 적 이야기를 하게 되었고, 아픔을 고백하기 시작했다. 그는 어머니에게 시도 때도 없이 매를 맞으며 자랐다. 그러던 어느 날 용기를 내어 어머니에게 대들자 어머니는 집을 나가겠다고 했다. 그는 어머니가 없는 것보다는 차라리 매를 맞는 편이 낫다고 생각했고, 어머니를 미워하는 마음을 억압했다. 어머니를 미워하는 것은 죄책감이 들고 양심에 꺼려지는 것이라 여겼다. 그리고 자신은 어머니를 사랑한다고 생각했다. 이런 생각이 반복되자 그는 점차로 자신이 어머니를 미워한다는 사실을 까맣게 잊게 됐다. 이러한 과정을 통해 무의식이 형성되었다.

그는 친절하고 성실한 사람이었지만 유독 아내에게 욕설이 나오고 있었다. 아내는 그 남자에게 어머니와 같은 존재였고, 좀 더 만만한 존재였다. 그래서 무의식에 꽁꽁 감춰둔 어머니를 향한 미움을 아내에게 표출했다. 그런데 정작 당사자인 그 남자는 이를 전혀 알아차리지 못하고 있었다.

이러한 무의식이 상담을 통하여 의식화되면 아내를 보고

욕을 하던 버릇을 고칠 수 있다. 이러한 무의식을 의식화하는 상담을 받지 않았다면 그는 어릴 때의 고통스러운 삶을 또다시 반복할 위험이 있었다. 결국 그는 아내와 마음속의 깊은 고통을 나누며 진심으로 사과를 했고, 남편의 상처를 이해하고 사과를 받아들인 아내 덕분에 새로운 삶을 살게 되었다.

나는 내 인생에서 반복되고 있는 아픔을 나의 아이들에게까지 대물림하고 싶지 않았다. 무의식을 의식화하는 작업이 힘든 여정이지만 이 치유의 과정을 포기할 수 없었고, 아직도 나는 그 길을 가고 있다. 모르면 반복된다. 알아차려야 벗어날 수 있다. 나의 생각이 나의 삶을 그릇된 방식으로 이끌고 있다면 과감히 생각의 함정에서 벗어나 그 방향을 바꾸어야 한다. 아이들의 친가나 외가에서 불행한 결혼생활이 반복되고 있으며 이혼과 사별이 반복되고 있었다. 나는 나의 아이들이 행복한 가정을 꾸려 사는 모습을 보고 싶다. 그 흐뭇한 날들을 오늘도 꿈꾼다.

세계적인 영적 지도자이자 작가인 에크하르트 톨레(Eckhart Tolle)는 자신의 저서《이 순간의 나》에서 "현재를 잃어버리면 삶의 질은 크게 떨어진다. 현재의 순간에 감사하면서 지금 이 순간 충만한 삶을 사는 것이 진정으로 풍요로운 삶이다"라고 했다. 이미 지나가 버린 과거를 후회하고 아직 오지도 않은 미래를 염려하며 현재의 귀한 시간을 허비하고 있던 내게 일침을 가하는 말이었다.

언제나 지금에 초점을 맞추고 할 수 있는 최선을 다하면 된다. 나머지는 나의 영역이 아니다. 돌이킬 수 없는 과거의 사건은 그냥 과거에 내버려 두어야 한다. 대신 돌이킬 수 있는 과거의 생각은 부정을 긍정으로 바꿈으로써 아픔과 고통을 털어내어야 한다. 그리고 아직 다가오지 않은 미래는 미지의 영역으로 남겨두되, 막연한 걱정이 아닌 준비를 하면 된다. 과거와 미래의 부정적 생각들을 털어낸 그 자리에 오롯이 현재를 채워야 넣어야 한다. 그래야 우리는 오늘을 살 수 있다.

나를 가두는
얕은 시냇물에서
벗어나

내 속엔 내가 너무도 많아
당신의 쉴 곳 없네

내 속엔 헛된 바램들로
당신의 편할 곳 없네

내 속엔 내가 어쩔 수 없는 어둠
당신의 쉴 자리를 뺏고

내 속엔 내가 이길 수 없는 슬픔

무성한 가시나무숲 같네

내가 좋아하는 노래인 〈가시나무〉의 한 구절이다. 남편과 사는 동안 나는 나에게 집중하느라 늘 마음에 여유가 없었다. 나의 고통과 우울, 슬픔과 외로움을 보느라 그의 마음을 볼 힘이 없었다. 내 속에는 깊은 어둠과 슬픔, 헛된 바람 등 내가 너무도 많아서 그에게 쉴 자리를 내어주지 않고, 가시나무처럼 늘 그를 뾰족하게 찔러댔다.

심리상담치유를 받으면서 나는 번민으로 가득 찬 나를 벗어나 가벼워지는 훈련을 했다. 그리고 집으로 돌아와서도 그때 배운 것들을 혼자서라도 꾸준히 실천해보았다. 가장 도움이 되었던 것이 독서와 명상, 그리고 산책이다.

어릴 때부터 책 읽기를 좋아하던 나는 삶의 굽이굽이마다 책에서 얻은 지혜와 용기, 그리고 위로로 버티고 이겨내며 지금까지 왔다. 깊은 우울감에 빠져 아무것도 할 수 없을 때도 나는 책을 손에서 놓지 않았다. 달달한 로맨스소설이나 힘을 내서 다시 달려보라고 주문하는 자기계발서가 아닌 심리학이나 정신분석학과 관련한 책들이 대부분이었지만, 그럼에도 책은 내게 따뜻한 위로가 되어주었다.

독서에 비해 명상은 내게 다소 낯선 분야였다. 참여했던 심리치유 프로그램 중에 2박 3일 동안 내도록 명상만 하는 것이 있었다. 프로그램을 이끌던 선생님은 몸을 씻듯 마음도 씻고 닦아야 하는데, 명상은 깨끗하고 밝게 사는 삶의 기술이며 사람이 아름다워지는 기술이라고 말씀하셨다.

'들숨에 하나, 날숨에 하나. 들숨에 둘, 날숨에 둘.'이라는 선생님의 구령을 떠올리며 나의 호흡에 집중해본다. 이때 코로 들이마시고 코로 내쉬며 입가엔 미소를 잊지 말아야 한다. 그리고 허리는 반듯하게 곧추세워야 한다. 열까지 헤아린 후 다시 처음부터 시작하는데, 나는 종종 열까지 세어보기도 전에 헤아리던 숫자를 잃고 만다. 머릿속엔 무수한 생각들이 지나가고 그 와중에 입가엔 미소까지 지어야 하니 걸핏하면 빼먹기 일쑤다. 그러면 선생님은 다시 처음부터 시작하되, 그 무수한 생각들을 그저 흘려보내고 호흡을 지켜보는 자가 되라고 당부하셨다.

가만히 앉아 호흡에만 집중하고 있으려니 힘들고 지루하기도 했지만, 생각과 마음을 비워내며 나를 벗어나다 보니 어느새 편안함이 느껴졌다. 게다가 명상이 끝난 후 다시 만난 나는 놀랍게도 훨씬 가벼워져 있었다. 그때 이후로 나는 종종 명상을 통해 나를 옥죄는 극심한 스트레스나 잡다한 생각에서 벗어날 수 있었고, 집중해야 할 일에 집중할 수 있었다.

최근에는 뇌과학자나 심리학자들을 통해 명상의 유익이 알려지면서 더 이상 종교적 수행이 아님이 알려졌다. 더군다나 고난이도의 임무를 정확하게 수행해야 하는 네이비실 특수요원을 비롯해서 세계적인 기업의 성공한 CEO들, 유명한 예술가와 할리우드 스타들이 명상을 하고 있다는 사실이 알려지면서 대중들도 관심을 갖게 되었다.

사실 나는 처음엔 이러한 유익을 까마득히 모르고 그저 선생님의 가르침을 따라 명상을 한 것이다. 원래는 매일 30분씩 하라고 했지만 아직 한 번도 그 시간을 채우지는 못했다. 대신 짧게라도 아침에 한 번, 산책하다 중간에 벤치에 앉아 한 번, 그리고 잠자리에 들기 전 한 번과 같이 하루에 여러 차례를 나눠서 한다.

독서와 명상을 통해 깊은 우울감에서 한 발짝 빠져나왔을 때 나는 매일 한 시간 정도씩 산책을 하기 시작했다. 우울증으로 강한 자살 유혹을 느꼈던 한 정신과 의사가 친구에게 이끌려 매일 억지로 농구를 하고 산책도 했다고 한다. 그렇게 석 달 정도의 시간이 반복되니 죽고 싶단 마음이 살고 싶은 마음으로 바뀌었단다. 그 경험 덕분에 그분은 병원을 찾는 우울증 환자들에게 운동처방을 빼놓지 않고 내린다고 했다.

실제로 전문가들은 연구를 통해 꾸준한 운동이 우울증의 위험을 30퍼센트나 떨어뜨린다는 것을 밝혀냈다. 특히 야외운동은 비타민 D를 생성해내어 우리 몸에 더 많은 세로토닌을 만들어내기에 기분도 좋아지고 활력도 생겨나게 한다고 했다.

이런 운동의 유익함을 알지만 나는 천근만근인 몸과 마음을 이끌고 운동을 하러 나갈 엄두가 나지 않았다. 그래서 차선으로 선택한 것이 산책이다. 혼자 조용히 산책하다 보면 살짝 우울한 느낌이 들기도 하는데, 그땐 긍정적인 뇌의 스위치를 자꾸 켜서 우울한 뇌가 잠잠해지게 한다. 좋아하는 노래도 듣고 재밌는 영상도 보며, 꽃과 나무 그리고 가끔 날아오는 새들과 넓고 푸른 하늘도 만난다. 그렇게 밝고 아름답고 좋은 것을 내 안에 채워 넣으며 우울을 저 멀리 떨쳐내는 것이다.

그뿐만이 아니다. 산책하며 가끔 남편에게 말을 걸기도 한다. 잘 있는지 안부도 묻고, 아이들 때문에 속상했던 일, 내가 실수한 일들까지 살아서는 이야기할 시간도 들어줄 여력도 없었던 남편에게 이제는 아무 이야기나 쏟아 놓는다. 마치 친구가 된 것처럼 재잘대며 이야기를 나누다 보면 기분도 좋고 몸도 가벼워진다.

이제 독서와 명상, 그리고 산책은 내게 특별한 치유가 아닌 일상과도 같은 일이 되었다. 덕분에 나를 가두던 우울의 늪에서 조금은 빠져나올 수 있게 됐다. 의사이자 작가인 디팩 초프라는 그의 저서 《완전한 삶》에서 "당신은 얕은 시냇물에서 헤엄쳐 나와서 가장 깊은 '자신'에게로 뛰어들어 값을 매길 수조차 없는 진주를 찾을 때까지 몰두해야 한다. 가장 깊은 갈망을 충족시키려면 자신에게 감추어진 다른 차원을 발견하는 길밖에 없다"라고 했다.

나의 절망과 고통, 그리고 그로 인한 우울은 사실 내 삶의 얕은 시냇물에 불과했다. 그것에서 헤엄쳐 나와 가장 깊은, 진짜인 나를 찾아간다면 언젠가는 내 삶의 진주를 찾을 수 있다. 디팩 초프라의 말처럼, 가장 깊은 갈망을 충족시키려면 내게 감추어진 다른 차원을 발견하는 길밖에 없다. 이를 위해서 가장 우선되어야 할 것은, 나를 가두는 얕은 시냇물에서 벗어나는 일이다. 나는 번민으로 가득 찬 나를 벗어나는 훈련을 반복함으로써 나를 가두는 얕은 시냇물에서 조금씩 빠져나오고 있었다.

내 생애
가장 아름다운
여행의 시작

몇 년 전, 나는 여름방학을 맞아 아이들과 함께 극장에서 영화 〈몬스터호텔3〉를 보았다. 비록 아이들이 보는 영화였지만 그 속에는 나를 위한 심오한 인생 교훈이 녹아 있었다.

휴가를 떠나는 주인공 가족이 탄 비행기가 안전한 방식의 '착륙'이 아닌 '추락'을 하게 되는데, 나는 그 장면이 무척이나 흥미로웠다. 몬스터들은 아무것도 모른 채 들뜬 마음으로 비행기를 탔다. 그런데 몬스터들이 가려던 목적지는 지금 당장 추락해야만 갈 수 있다. 더 날아갈 수 있는 연료가 남았다면 다 쏟아내야 한다. 더 날아갈 수 있는 날개가 남아 있다면 부러뜨려야 한다. 그게 목적지에 도착할 수 있는 유일한 방법이었다.

결국 비행 중 연료탱크가 새고 비행기 날개가 부러지고 급기야 비행기 지붕마저 날아가 간신히 몸채만 남게 된다. 빠른 속도로 추락하는 비행기 안에서 몬스터들은 이 여행을 보내준 이들을 원망하고 집으로 가고 싶다며 아우성을 친다. 이제는 영락없이 죽었다는 생각마저 든다. 그러나 절망도 잠시, 비행기가 추락한 그곳에서 몬스터들은 다시 멋진 여행을 시작한다.

모든 여행이 멋지게 날아야만 아름다운 것은 아니다. 추락해야만 비로소 시작되는 아름다운 여행도 얼마든지 있다. 그러나 당장 눈에 보이는 현실은 처참하고 희망이 없어 보인다. 그래서 자신의 생에 남은 것은 오직 죽음뿐이라고 단정한다. 하지만 그것은 두려움에 떨고 있는 나의 뇌가 만들어낸 절망일 뿐, 앞으로 펼쳐질 미래는 누구도 단정할 수 없다.

내가 처한 현실 때문에 미래까지 고통스러움으로 채울 필요는 없다. 설령 현실의 힘겨움에 더는 내려갈 곳이 없게 느껴지는 추락의 절망까지 맛보게 되더라도 결코 희망을 버려서는 안 된다. 추락하고 나면 상상도 할 수 없을 만큼 화려한 여행이 기다리고 있을지 누가 알겠는가.

살다 보면 내일 일을 걱정하고 한숨과 눈물 속에서 살 때도 있다. 누구보다 서로 사랑하고 의지해야 할 가족이 가장 날카롭고 강력한 창으로 나를 찔러대기도 한다. 껴안지도 버리지도 못한 채 서로 원망하고 미워하며 세월을 보내기도 한다. 내가 그렇게 살아왔다. 하지만 돌아보면 내 생각이 틀린 적이 더 많았다. 가장 바닥이라고, 이젠 정말 끝이라고 생각했던 그 순간에도 분명 새로운 길은 있었고, 그 길은 이전의 길보다 훨씬 더 넓고 멋지기까지 했다.

언젠가 읽은 책에 이런 이야기가 나온다. 한 남자가 산을 오르다 그만 발을 헛디뎌서 아래로 추락하게 됐다고 한다. 다행히 남자는 중간에 굵은 나무기둥을 잡았고, 그 기둥을 두 손으로 꼭 잡고는 살려달라고 소리를 쳤다. 그런데 외진 곳이다 보니 지나가는 사람이 거의 없는 데다 날까지 어둑해져서 결국 밤이 오고야 말았다. 더욱 짙어진 죽음의 공포에 두려워하며 남자는 신에게 기도했다.

"제발 살려주세요. 살려만 주신다면 정말 감사한 마음으로 최선을 다해 살겠습니다!"

남자의 간절함이 닿았던 것인지, 순간 신에게서 답이 들려왔다. 그런데 그것은 남자가 기대하던 답이 아니었다. 신은 남자에게 "그 손을 놓아라!"라고 말했다. 남자는 자신의 간절함을 외면한 신을 원망하고 욕하며 그렇게 새벽을 맞았다.

해가 떠오르자 남자는 다시 살려달라고 소리를 쳤다. 다행히 아침 산행을 하던 한 등산객이 남자의 소리를 듣고 다가왔다.

"제발 살려주세요!"

"그 손을 놓으세요!"

어찌 된 일인지 등산객도 지난밤 신이 남자에게 했던 말과 같은 말을 했다. 남자는 "나더러 아예 떨어져 죽으라는 말이냐!"며 버럭 화를 냈다. 그러자 등산객이 말했다.

"바로 아래가 땅이에요. 그냥 손을 놓으면 돼요."

남자는 자신의 발 바로 아래에 편평한 땅이 있는 줄도 모르고 밤새 그렇게 죽음의 공포와 싸워댄 것이다. 이처럼 두려움과 절망은 바로 앞의 희망조차 보지 못하게 눈과 마음을 가리는 경우가 많다.

한 치 앞도 모르는 게 인생이다. 큰아이는 원하는 대학에 입학하지 못했으나, 편입으로 본래 가고 싶었던 대학에 입학해 어느 때보다 자신감이 넘치는 삶을 살고 있다. 처음부터 원하는 것을 얻었다면 자만했을 거라고, 오히려 자신이 겸손해지는 계기가 되었다고 감사해하고 있다.

무엇이든 마음먹으면 할 수 있다는 긍정적인 사고를 하며, 자신의 길을 끊임없이 탐색하고 찾아가는 아이의 모습이 너무나 멋지고 아름답다. 첫째는 이제 늠름한 청년이 되어 자신이 좋아하는 스포츠 관련 아르바이트를 찾아 각종 경기와 운동선수들을 지켜보고, 그곳에 오는 여러 단체의 대표들을 안내하는 등 다양한 일들을 접하면서 날마다 성장하고 도전하고 있다.

아버지의 죽음 이후 한동안 첫째는 방황하는 모습을 보이기도 했다. 그 모습이 불안하고 염려스러웠지만 믿고 기다리는 것 외엔 내가 할 수 있는 게 없었다. 그런데 감사하게도 아이는 스스로 자신의 길을 찾아가고 있다. 그간의 상처를 딛고, 세상에 꼭 필요한 사람이 되겠다며 큰 포부를 이야기할 때면 눈시울이 뜨거워진다.

때로는 추락이 축복일 수 있다. 당장은 큰 고통으로 느껴질지라도 그곳에 무엇이 있을지는 아무도 모른다. 가봐야 안다. 누군가는 용기란 두려워하지 않는 게 아니라 두려움에도 불구하고 앞으로 나가 보는 것이라고 했다. 오늘도 다시 용기를 내어 추락하는 비행기에 나를 맡겨보자. 내 생애 가장 아름다운 여행이 시작될지 그 누가 알겠는가.

상실을
넘어
애도의
마음으로

미처
보지 못했던
그의 아픔들

남편은 중학교 때부터 술을 즐겼으며 대학교 때 이미 중독상태였다. 남편의 말에 따르면, 그가 술을 마시는 데는 다 그만한 이유가 있었다. 그는 평발이어서 군대에 가면 안 되는 상황이었는데 아버지가 강제로 군에 입대시켰다고 했다. 게다가 군 복무 중에 몸이 자꾸 안 좋아져서 검사를 받았는데, 군의관에게 '베체트병'인 것 같다며 제대하면 병원에 가서 정확한 검사를 받아보라고 권유받았다고 한다. 제대 후 대학병원에서 정밀검사를 하다가 잘못되어 한동안은 걷지도 못했다고 했다. 그래서 신을 원망하며, 어차피 일찍 죽는 병에 걸렸으니 사는 동안 술이라도 실컷 마시자고 생각했단다.

군 제대 후 대학에 다시 복학했을 때 나와 처음 만났고, 그는 자신의 지병을 내게 고백했다. 불치에 가까운 병을 앓으면서도 술을 즐기는 그가 이상했지만 심각하게 생각하지는 않았다. 나의 아버지도 술을 자주 드셨고, 만취 상태로 집에 들어오는 일도 종종 있었다. 그러나 아버지는 술에 취해도 특별한 주사는 없었다. 소리를 지르신다거나 누군가를 때린다거나 아이들을 앉혀 놓고 훈계를 하는 일도 없었다. 오히려 가족들을 더 다정하게 대했고, 술기운을 빌어 아내에게 사랑한다며 너스레를 떨기도 했다. 이런 기억 때문인지 나는 남편이 술을 즐겨 마시는 것이 이후 우리 가족의 삶을 그토록 피폐하게 만들지 상상조차 하지 못 했다.

남편이 떠난 후에 이런저런 후회들이 밀려왔다. 그중에서도 이미 알코올중독자가 된 남편을 일반인이라고 생각하며 살았다는 것 자체가 너무나 큰 실수로 여겨졌다. 나는 이런 그의 상태에 대한 이해 없이 언제든 마음만 먹으면 술을 그만 마실 수 있으리라 기대했다. 그래서 그를 다그치기도 하고 달래기도 하며, 술과 떼어놓기 위해 의미 없는 노력만 반복했다.

마치 장애가 있어 다리가 불편한 사람에게 남들은 다 잘만 뛰는데 왜 당신은 못 뛰느냐며 다그치고 닦달만 했던 셈이다.

언젠가 남편이 내게 울면서 하소연을 한 적이 있다. 자신은 착하게 살았는데 왜 불치병을 앓느냐며, 신은 너무나 불공정하다며 억울하다고 했다. 아버지 때문에 군대에 강제로 간데다 병까지 얻었다고 생각해서인지 그는 아버지와 사이가 몹시 안 좋았다. 게다가 대학도 아버지의 강요로 안정지원을 하는 바람에 자신이 바라던 곳에 가지 못하고 원치 않는 학교에 수석으로 들어갔다. 졸업 후에 회사에 입사했지만 잘 맞지 않았던지 관두고 싶어 했다. 그러나 그의 아버지가 강력히 반대했고, 그땐 나조차도 반대의 목소리를 보탰다.

힘들었을 그의 마음보다는 당장 눈앞의 현실을 먼저 바라보았다. 사실 이미 남편에 대한 실망감이 커졌던 때라 그의 마음 따윈 보이지도 않았다. 그저 술을 그만 마시게 하는 데만 초점이 맞춰져 있었다.

그가 떠나고 나니 이제야 그의 마음이 하나둘 보인다. 남편은 얼마나 답답했을까, 얼마나 속상하고 안타까웠을까, 철없는 나와 아이들을 보며 얼마나 걱정이 많았을까. 사업을 하며 승승장구하다가 믿었던 사람의 배신으로 한순간에 재산을 다

잃고 교도소까지 가게 되었을 때 얼마나 무섭고 힘들었을까, 얼마나 비참하고 억울했을까, 나와 아이들을 생각하면 얼마나 불안했을까, 끝끝내 재기하지 못한 자신이 얼마나 창피했을까.

남편은 그런 불편하고 괴로운 감정들을 술로 버티며 잊기로 했었던 듯하다. 그러다 결국 마지막 남아 있던 나마저 떠난다고 하니 살아야 할 이유가 없었던가 보다. 나에게 버림받는 그 비참한 상황을 맞이하느니 자신이 먼저 가는 게 차라리 낫겠다고 생각했나 보다.

전문가들은 자살의 3가지 큰 원인으로 '건강의 문제', '정신 건강의 문제', '경제적 어려움'을 꼽는다. 당시 남편은 이 3가지가 모두 겹친 삼중고를 겪고 있었다. 그런데 나는 그 모든 문제의 근원적인 실체가 아닌 술을 마시는 남편의 행위에 초점을 맞춰 그를 평가했다.

떠나기 두어 달 전 즈음에 남편은 지나가는 말로 내게 "내가 너를 두고 간다고 생각하면 갑갑하다"라고 했다. 나는 농담인 줄 알았다. 그가 자신은 마흔아홉 살에 죽을 거라고 이야기할 때도 그냥 하는 소리인 줄 알았다. 나는 나의 우울감을 보살피느라 남편 역시 깊은 우울감에 빠져 있음을 알지 못했다.

남편은 깊은 우울증 환자였고 알코올중독자였다. 전문적인 치유가 필요한 사람이었다. 불치병으로 인한 죽음의 공포를 안고 살아야 했던 그는 오랜 시간 자신의 아버지를 원망했을 테고, 마지막 순간까지도 아버지와의 불편한 관계를 해결하지 못했다. 정신분석가이자 심리치유가인 낸시 맥윌리엄은 자신의 저서《정신분석적 사례이해》에서 "직면해야 할 '부모'는 현재의 부모가 아니라 내면화된 부모상이다"라고 했다. 그는 어른이 된 나이에도 아버지를 무서워하고 두려워했다. 제대로 대들지 못했고 부당한 대우에도 참고 또 참았다. 어른이 된 내가 여전히 엄마를 향한 미움을 안고 살았던 것처럼 남편도 아버지를 향한 두려움을 안고 살았던 것이다.

나는 남편을 못났다, 의지가 약하다, 가족보다 술을 더 좋아한다고 생각하며 미워하고 외면했다. 그가 나쁜 사람, 모자란 사람이 아닌 아픈 사람이란 걸 인정하고 도움을 줄 수 있었더라면 얼마나 좋았을까. 그는 죽기 몇 달 전 "내가 없거든 우리 집에 가지 마라. 그 영감은 정신병자다"라고 말했다. 나는 그때도 대수롭지 않게 흘려들으며 '아버지를 진짜 싫어하는구나'라고만 생각했다. 조금 더 가슴을 열어 그의 상처를 들여다보고 토닥여주었더라면 좋았을 거란 생각을 그가 떠난 후에야 비로소 하게 되었다.

그가 '죽음'에 관한 이야기를 할 때도 늘 하는 얘기려니 하며 흘려들었다. 보건복지부가 발표한 '2018년 자살실태조사 결과'에 따르면, 자살 사망자의 92.3퍼센트가 경고신호를 보냈으나 그것을 경고신호로 알아차린 사람은 23퍼센트에 불과했다고 한다. 나 역시 나머지 77퍼센트의 사람들처럼 미처 인지하지 못했다. 그저 술기운에 우울한 거겠지 설마 진짜 자살을 하겠느냐며 무시하고 지나친 것이다.

많은 자살 전문가들이 만약 자살자가 자신의 마음을 터놓을 사람이 단 한 명이라도 있다면 자살을 실행하지는 않는다고 말한다. 남편에게도 그런 단 한 명의 사람이 있었더라면 얼마나 좋았을까. 매일 술을 마시던 친구 중에 단 한 명이라도, 그가 가족보다도 더 끔찍이 챙기던 자신의 어머니에게라도 그 깊은 절망과 우울을 털어놓았더라면 얼마나 좋았을까. 아니, 그 누구보다도 아내인 내가 그의 손을 꼭 잡아주며 마음의 이야기를 들어주었더라면 얼마나 좋았을까.

남편은 내가 자신의 부모님 이야기를 꺼내는 것을 극도로 싫어하기도 했지만 나 역시 그런 불편한 이야기를 나누며 에너지를 허비하고 싶지 않았다. 그저 내가 한 것이라곤 알코올

중독의 치유를 권하는 것이 전부였다. 치유를 거부하는 그를 그저 방관할 것이 아니라 억지로 끌고라도 갔어야 했다는 후회도 해본다. 그리고 무엇보다 그의 우울의 근원을 들여다보며 따뜻이 안아주었어야 했다는 자책도 한다. 알코올중독이든 우울증이든 본인의 의지가 없다면 어떻게 해볼 도리가 없다지만 그럼에도 방관만 하는 것은 옳지 못했다. 결국, 아내로서 나의 역할은 그가 술과 우울감으로부터 스스로 빠져나올 의지가 생겨나도록 힘을 불어넣어주는 것이 아니었나 하는 뒤늦은 후회를 해본다.

변명 같지만, 안타깝게도 그땐 나도 많이 아팠다. 내 불행의 원인을 남편에게 떠넘기며 우울감에 힘들어하고 있었다. 그래서 나는 남편을 위해 해줄 게 없다고 생각했다. 지나고 보니, 만약 그때 내게 힘이 있었다면 남편을 지킬 수 있지 않았을까 하는 후회가 든다. 나를 단단하게 지탱할 힘이 있었다면 남편의 상처를 들여다보며 따뜻이 보듬어줄 수 있었을 것이다. 그랬다면 우린 지금 많이 다른 오늘을 맞고 있었을 테다.

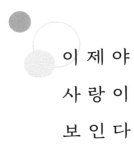

이제야
사랑이
보인다

"당신이 술 마시고 친구들이랑 노는 것 말고 뭐 할 줄 아는 게 있어? 우리한테 해준 게 뭐가 있냐구?"

정말 그랬다. 나는 남편과 함께 사는 동안 그가 친구들과 어울려 술만 마시고 다니는 줄 알았다. 그런데 그가 떠난 후 텅 빈 그의 흔적들을 보며 그가 나와 아이들을 위해 참 많은 일을 하고 있었음을 알게 됐다.

술에 취해 정신이 없어도 남편은 아이들을 위해 치킨이나 빵, 케이크, 비싼 과일들을 사다 날랐다. 게다가 그중에서 제

일 비싸고 맛있는 건 엄마 몫이니 너희들은 먹지 말라며 아이들에게 당부했었다. 그리고 나중에 우리에게 그것을 먹어 봤냐고 꼭 물어보았고, 맛있었다고 하면 잔뜩 취한 날에도 그걸 또 사 가지고 왔다. 무심히 넘겼던 그것들을 더는 볼 수 없게 되자, 아침에 일어나 지난밤에 아빠가 사 온 간식을 보며 좋아하던 아이들의 소리도 잠잠해졌다.

이젠 국거리와 구이용 고기를 종류별로 사다 나르는 이가 없다. 덕분에 우리 집 냉장고엔 고기가 숨은그림찾기 수준이 됐다. 남편 덕분에 그간 고기 살 일이 없었던 나는 새삼 한우 국거리가 그렇게 비싼지 처음 알았다. 그뿐인가. 아이들 데리고 장보기 힘들다며 사준 나의 자동차에 주유 경고등을 미리 살피며 기름을 채워줄 사람이 없다. 덕분에 차에 기름이 떨어진 줄도 모르고 운전하다가 빨간불이 켜져 주유소가 나타나길 간절히 바라며 아이들을 태우고 간 적도 있다. 나의 생일에 비틀거리며 선물을 안겨주는 이가 없다. 술에 취해 몸도 못 가누면서도 그는 내 생일만큼은 꼭 음력과 양력 이틀을 모두 챙겼다. 사업이 잘 될 땐 결혼기념일엔 목걸이며 귀걸이 같은 비싼 보석도 사주었다.

신기하게도 시간이 흐를수록 그가 나를 힘들게 했던 일들은 점점 옅어지고 내게 잘했던 일들이 자주 떠오른다. 내게 비싼 옷과 가방들을 망설임 없이 사주었던 일, 사업이 망해 온 식구가 방 한 칸에 드러누웠는데도 "이렇게 망할 줄 알았으면 당신 옷이나 더 많이 사놓을 걸 그랬다"라며 너털웃음을 웃던 일, 아무리 다그쳐도 화내지 않고 그만하라는 소리만 했던 모습들이 떠오른다. 아주 가끔이긴 하지만 그는 나를 데리고 외식을 하기도 했는데, 그때마다 늘 비싸고 고급스러운 음식만 사주었다. 어쩌다 저렴한 음식점에 들어가려고 하면 나한테만큼은 좋은 음식을 먹여주고 싶다고 했다. 그래서 지금도 그와 함께 식사했던 곳들은 주로 좋은 곳들만 기억에 남아 있다.

이 모든 게 그의 사랑의 표현인 줄 몰랐다. 돈을 함부로 쓴다고 생각했다. 철이 없어서 저렇게 산다고 생각했다. 걱정, 근심이 없어서 꼭 필요한 것도 아닌데 사다 나르고, 한 끼 먹고 말 식사에 많은 돈을 쓴다고 생각했다. 돌아보니 그는 걱정도 근심도 많은 사람이었다. 그리고 우리 가족을 위하고 사랑하는 사람이었다.

사업을 하다 배신을 당해 경제사범으로 교도소에서 살다 나왔을 때 아무 일도 하지 않고 집에 틀어박혀 술만 마시는 그가 싫어 강제로 내쫓은 적이 있다. 그때부터 그는 편의점 야간 아르바이트를 시작했다. 그 때문에 교도소에서 나올 때는 다나았던 다리가 다시 붓고 상처가 나기 시작했으며, 급기야 붕대를 감고 다녀야 하는 지경까지 되었다.

그는 편의점에서 유통기한이 지난 도시락을 가져와 끼니를 때우고, 버스비가 아까워 아픈 다리로 자전거를 타고 출퇴근을 했다. 그렇게 꼬박 매일 밤을 잠도 못 자고 일하며 번 돈을 전부 다 내게 주었다. 이 세상에서 나와 우리 아이들을 위해 아르바이트한 돈을 탈탈 털어 잔돈까지 다 건네줄 사람은 그 사람뿐이었다는 것도 그가 떠나고 나서야 알게 됐다.

요즘도 삶이 고되고 지칠 때면 나를 사랑해주었던 그가 마치 따뜻한 품처럼 느껴진다. 비록 지옥에 가 있을지라도 그와 함께 있는 게 차라리 더 낫겠다 싶을 때가 있다. 그러나 어느 날 지인과 부부들의 각방을 쓰는 이야기를 하다가 문득 떠오른 사실이 있다. 가만히 생각해보니, 남편은 술에 취해 늦은 밤에 집에 들어오면 소파에서 쓰러져 자든가 빈방이 있을 때는 그 방에 들어가서 잤다. 그런데 그는 술이 깨면 어김없이 내가 자는 침대에 와서 잤다. 그리고는 토라진 나를 꼼짝 못하게 꼭 안고 자는 버릇이 있었다. 그는 자다가도 느슨해져서 떨어져 자게 되면 나를 다시 안고 잤다. 그러고 보면 온전히 혼자 잔 날은 몇 날 되지 않았다.

남편이 떠나고 혼자 자게 되면서부터 나는 가끔 몸에 한기가 들기 시작했다. 어떤 날은 얼음 속에 파묻어놓은 것처럼 온몸을 구부린 채 떨고 있어야만 했다. 그럴 때면 이불을 더 덮어도 소용없겠지만, 이불을 꺼낼 여력도 없다. 아무리 손으로 발을 주물러도 마치 동상에 걸린 듯이 발은 얼음덩이 같았다. 나중에야 그가 살아 있을 때는 없었던 증상이라는 것을 알았다.

나는 지금도 혼자가 싫다. 그때는 그의 품이 소중한지 몰랐다. 그 당시에는 그가 나를 안고 자는 건 당연한 일이라 생각했고, 그저 술 마시고 늦게 와서 나를 안고 자는 게 밉기만 했다. 이제 와서 생각해보니 당연한 건 아무것도 없다. 단점이 너무 크다 보니 그의 장점과 사랑이 하나도 보이지 않았던 것뿐이다.

나는 유난히 허그를 좋아했다. 출근하는 그를 현관까지 따라가 안겨야 직성이 풀렸다. 그런 나를 그는 늘 꽉 안아주고 갔다. 그리고는 밤이면 또 술에 취해 늦게 들어오는 일을 반복했고, 나는 또 화를 내고 토라졌다. 이것이 지겹도록 반복되던 우리의 일상이었다. 그러나 그 비슷한 일상 속에도 깨알 같던 그의 사랑이 있었다. 가끔 그가 일찍 들어와 TV를 보고 있을 때 내가 분주히 집안일로 그의 앞을 왔다 갔다 하면 그는 그만하고 자기 옆에 와있으라고 했다. 그리고는 나의 손을 잡고 TV를 보며 마냥 즐거워했다.

이제는 안방에 TV가 없다. 침대도 작은 것으로 바꿨다. 내 손을 꼭 잡고 TV를 보던 사람이, 토라져 잠든 나를 꼭 안아주던 사람이 사라졌기 때문이다. 술 냄새가 난다고 밀어내도 아랑곳하지 않고 품에 안고 달래던 그 남자가 이제는 없다. 이 세상에서 가장 편하고 만만한 사람이 없어졌다. 내가 아무리 나쁜 놈이라고 욕을 해도 대꾸하지 않았던 그가 없다.

그를 사랑하지 않는 줄 알았다. 그의 사랑을 못 봤다. 아니 그의 사랑을 몰랐다. 그는 나를 싫어하고, 나는 그를 증오하고 혐오한다고 생각했다. 이제야, 그가 떠나고 나서야 그것들이 보인다. 어떻게 나는 그와 함께하는 동안 그 많은 것들을, 그의 큰 사랑을 놓치고 있었던 것일까.

그는 죽기 전날, "경희야 난 너만 있으면 돼"라고 했지만 나는 믿지 않았다. '내가 아니고 술만 있으면 되겠지!'라며, 거짓말이라고 생각했다. 어쩌면 그것은 그의 진심이었을지도 모른다. 뜨거운 눈물이 내 볼을 타고 흘러내린다. 눈물이 이렇게 뜨거운지 몰랐다.

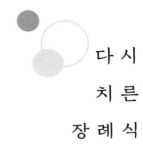

다시
치른
장례식

언젠가 인터넷에서 이별여행을 떠나려 한다는 젊은 연인의 이야기를 읽은 적이 있다. 헤어지는 마당에 여행은 무슨 여행이냐며, 그럴 바엔 차라리 다시 만나라는 의견이 대다수였지만 나는 조용히 공감과 응원의 마음을 남겼다.

남편과 나는 제대로 이별하지 못했다. 그 흔한, 잘 가라는 인사조차 하지 못했다. 남편이 일방적으로 도망쳤고, 나는 그런 그를 원망만 했다. 그것이 우리의 이별 아닌 이별의 모습이었다. 남편의 죽음을 확인하던 병원에서도, 심지어 장례식장에서조차 나는 그의 모습을 마주하지 않았다. 당시엔 그저 남편을 향한 미움과 원망 때문이겠거니 했지만, 지금 생각하면 나는 그렇게 떠나버린 그를 인정하고 싶지 않았던 듯하다.

집단상담 심리치유 때 선생님께서 내게 물어보셨다.

"남편분의 입관식은 보셨나요?"

나는 속으로 뜨끔했다.

"아니요……."

기어들어 가는 목소리로 대답했다.

"그럼 장례식을 다시 치러야겠네요!"

선생님은 갑자기 치유 참여자 중에 중년 남성 한 분을 가리키며 앞으로 나오라고 했다. 그리고 바닥에 누우라고 했다. 그분은 알코올중독에다 극심한 우울증으로 자살까지 하려고 했던 분이었다.

"이 분을 죽은 남편이라고 생각하시고 하고 싶은 말을 다 해보세요."

방에 불까지 끄고 나니 주변의 모든 사람이 순식간에 사라지고 남편과 나만 남은 기분이었다. 상황에 깊이 빠져드니 나도 모르게 죽기 전날에 그에게 했던 말이 다시 튀어나왔다.

"죽지만 말라고 했잖아. 죽지만 말라고! 죽지만 말고 살아 있으라고 했잖아. 그것도 못 하냐고! 그게 그렇게 어려웠냐고. 야 이 등신아! 그것도 못 하냐고. 네가 우리 애들을 아버지 없는 애들로 만들어 놨잖아. 이제 어떡할 거냐고."

나는 남아 있는 악을 다 쏟아내기라도 하듯 소리치며 통곡을 했다. 그건 나의 진심이었고 마지막 부탁이었다. 남편은 그 마지막 부탁을 져버렸고, 나는 엄청난 상처를 받고 말았다.

나의 통곡에 누워있던 그 중년의 남성도 흐느껴 울었다고 한다. 내 감정에 취해 있던 나는 그 사실도 나중에야 알았다. 그분은 자기가 죽으면 아내가 이렇게 통곡하겠구나 싶어 너무나 가슴이 아팠다고 한다. 나의 통곡을 보며 자살할 마음을 접었다며 그분은 내게 고맙다는 말까지 했다.

"그게 남편분의 입장에서는 최선인 선택이었을 겁니다. 이젠 그 선택을 인정해주고 받아주세요."

내 울음소리가 사그라들자 선생님께서는 그것이 남편으로선 최선인 선택이었을 거라며, 이제 그 선택을 인정해주고 받아주라고 하셨다. 그 말에 다시 터져 나온 눈물은 그칠 줄을 모르고 하염없이 흘러내렸다. 인정해줄 게 없어서 그런 죽음을 인정해주고 받아줘야 하나 싶어서 마음이 찢어질 듯 아팠다.

이어서 선생님은 남편에게 "나를 아내로 맞이해주고 사랑해줘서 고마웠다"라고 말하라고 하셨다. 이제껏 남편을 향한 고마움은 내 무의식에 존재하던 감정이었다. 그것을 의식으로 끌어올려 말로 표현하려니 목이 메어 말이 나오질 않았다. 울음을 삼키며 간신히 말을 이어나갔다. 그에게 고맙다는 말을 몇 번이나 해봤을까. 처음이라 그런지 어색하고 미안했으나, 꼭 해야 했고 그도 들어야 하는 말이었다.

미안하게도 함께 아이를 낳고 키우면서 그는 내게 인정받지 못했다. 어찌 되었건 아이들을 키울 수 있도록 경제적 책임을 져주었고, 나와 아이들을 사랑해주었다. 오랜 세월 기죽어 있고 부족한 나를 자랑스레 여겨준 덕분에 자존감이 많이 올라간 것도 사실이다. 결혼 후에 나를 만난 지인이 이런 나를 알아보고 '너 자신감이 생겼구나!'라며 감탄한 게 아직도 기억이 난다.

언젠가 남편의 수첩 겉표지가 내 사진인 걸 보곤 당장 그 사진을 떼라고 한 적이 있다. 그때 그는 내 마누라 사진을 내 수첩에 붙이고 다니는 게 뭐 어때서 그러냐며 끝내 떼지 않았다. 친구들이 놀려도 상관하지 않았다. 오래전에 남편과 함께 고속버스를 타고 가다가 속이 좋지 않아서 결국 터미널에 도착할 즈음에 버스 바닥에 토한 일이 있다. 남편은 나더러 먼저 내리라고 하고 다른 승객들이 내리자 바닥을 다 닦아내 주었다. 이렇듯 남편과 나의 시간 곳곳에 숨어 있던 감사한 기억이 하나, 둘 마치 영화 속 한 장면들처럼 떠오르자 기다렸다는 듯이 고맙단 인사가 터져 나왔다.

"고마워, 여보. 너무 고마워. 나를 사랑해줘서 너무너무 고마워. 잘 가요. 이제 그곳에선 절대 아프지 말고 힘들지 말고 행복하기만 해요. 여보, 그동안 너무 고마웠어."

선생님 덕분에 나는 남편의 장례식을 다시 치르며 그와 제대로 된 이별을 할 수 있었다. 내 안에 똘똘 뭉친 한들을 하나둘 실타래 풀듯이 풀어냈고, 미처 하지 못한 고맙다는 말, 미안하다는 말도 원 없이 했다. 이제야 그와 진짜 이별을 하는 듯하여 눈물이 멈추질 않았다. 하지만 그 눈물은 그의 장례식장에서 악다구니처럼 튀어나오던 원망과 분노의 눈물이 아니었다. 그를 향한 고마움과 미안함, 그리고 뒤늦은 사랑의 눈물이었다. 늦게나마 그를 제대로 보낼 수 있었음에 나는 지금도 감사한다.

나와 엄마,
다시 맺는
관계

불과 몇 년 전까지만 해도 나는 친정엄마를 무척이나 싫어했고 원망했었다. 그분을 생각하면 분노가 치밀어 올라왔다. 결혼 전 나의 자존감은 거의 바닥이었고, 못난 나를 좋아한다고 하니 이렇다 할 기준도 없이 남편을 선택했다. 내가 그 사람을 얼마나 좋아하는지도 중요하지 않았고, 그가 올바른 가치관과 건강한 마음을 가진 사람인지도 크게 따지지 않았다. 그저 얼른 엄마에게서 벗어나고 싶단 생각에 도망치듯 서둘러 결혼을 했다. 덕분에 나는 결혼 전보다 더 불행한 삶을 살고 있었다. 나는 이 모든 것이 엄마 탓이라 여겼다.

나는 남편이 떠나고 심리상담과 집단상담 심리치유를 받으면서 그제야 엄마와의 묵은 감정들도 하나둘 끄집어내어 정리할 수 있었다. 집단상담 심리치유에 참여했을 때의 일이었다. 내담자 중 한 분이 자신은 열 살 때쯤 어머니가 집을 나가시는 바람에 그때부터 온갖 집안일을 하며 어린 동생 둘을 돌보았다고 한다. 게다가 알코올중독자였던 아버지는 매일같이 자식들에게 폭언과 폭력을 행사했고, 집안 살림을 때려 부수기까지 했단다. 어린 나이에 집안일을 하고 동생들을 돌보느라 정작 자신을 돌볼 시간이 없었던 그분은 머리에는 늘 이가 바글거렸고, 구멍 난 옷을 입는 것이 일상이었던 탓에 학교에선 왕따까지 당했다고 한다.

나는 그분의 이야기를 들으며 정신이 번쩍 들었다. 나는 엄마에게 거의 매일 욕을 얻어먹고 두들겨 맞기는 했지만 늘 깨끗하고 단정한 외모에, 옷도 비교적 잘 입고 다니는 편이었다. 게다가 첫째 딸임에도 불구하고 집안일이라고는 거의 해본 적도 없었다. 결혼해서도 친정 근처에 살 때는 엄마가 종종 들러서 반찬이며 청소도 해주셨고, 아이들도 자주 돌봐 주셨다. 남편 때문에 속을 끓일 때도 엄마는 늘 내 입장이 되어 함께 남편 욕을 해주셨다.

나는 그분의 이야기를 들으며, '어릴 때 엄마가 도망이라도 가셨다면 나도 저렇게 살 수밖에 없었겠구나. 그럴 바엔 차라리 때리고 욕을 하더라도 엄마가 집에 있었던 게 훨씬 나았네'라는 생각을 했다. 그분께는 미안하고 부끄러운 생각이었지만, 나는 엄마와 얽힌 나의 과거에 대해 이렇듯 전혀 다른 관점으로 재해석을 할 수 있다는 것이 내심 반가웠다.

그분에 비하면 나는 너무나 행복한 어린 시절을 보냈고, 엄마의 돌봄도 듬뿍 받은 듯했다. 물론 그런 상대적인 만족감이 과거 엄마의 폭언과 폭행을 없었던 일로 해주지는 못하지만 "그럼에도 불구하고 엄마는 우리를 사랑하셨다"라는 확신은 들게 해주었다.

친정엄마는 상처가 많은 분이다. 세 살 때 친엄마가 공산당에게 총살로 돌아가셨고, 외할머니의 지극한 사랑을 받으며 자랐는데 안타깝게도 그 외할머니마저 여섯 살 때 돌아가셨다. 그리고 새엄마가 들어오면서부터 엄마 삶에 비극이 시작되었다. 엄마는 새엄마로부터 수시로 매질과 욕설을 당했고, 나의 이모이신 엄마의 친언니와 더불어 온갖 구박을 받아야 했다. 밥을 먹을 때도 새엄마는 본인의 친자식과 함께 엄마와 이모를 흘겨보았고, 집안일을 하게 하느라 학교에 안 보낼 때도 허다했다고 한다.

엄마는 그 새엄마로부터 당한 학대를 이야기할 때마다 목이 메어 말을 잇지 못하셨다. 그러면서 우리에게 "친엄마 얼굴만이라도 아는 게 얼마나 복인지 너희들은 모른다"라고 하셨다. 그때마다 우리 4남매는 속으로 '친엄마 얼굴을 알아도 별로 좋은 것도 없다'라며 그 마음을 이해하지 못했다. 엄마에게 매일 욕을 얻어먹고 매를 맞았던 탓에 우리는 우리대로 상처투성이였으니 말이다.

아버지의 지극한 구애로 결혼을 해 아이까지 낳았으나 아버지는 셋째가 태어나고 얼마 지나지 않아 군에 입대하셨다. 그때 엄마는 자식들을 키우기 위해 안 해본 일이 없을 정도로 고생을 했다고 하셨다. 당시 아버지는 사업을 하셨는데, 돈은 잘 벌었으나 도박을 하는 바람에 살림이 거덜이 났다. 아버지가 도망치듯이 군에 입대하신 것이라 동네 사람들은 엄마에게 도망가라는 이야기를 종종 했다고 한다. 그러나 엄마는 어린 자식들을 품에 안고 꿋꿋하게 그 자리를 지켰다. 나중에 아버지가 새장가라도 가서 새엄마가 들어오면 어린 자식들이 본인과 같은 학대를 받으며 자랄 것이 염려되어 한 발짝도 뗄 수가 없었던 것이다.

당시 엄마는 우리 3남매를 할머니 댁에 맡겨두고 일하러 나가셨는데, 일터에서도 어린 자식들 걱정에 늘 마음이 쪼그라들었다고 한다. 그 시절엔 동네 아이들이 놀다가 간혹 물에 빠져 죽기도 하고 사고로 다치기도 했는데, 혹시나 하는 마음에 늘 노심초사하셨단다. 친할머니 말씀에 따르면, 당시 두 살이 된 바로 아래 여동생이 아장아장 걷기 시작하면서 네 살인 나를 졸졸 따라다녔다고 한다. 덕분에 내가 엉뚱한 곳에 걸려 넘어지면 동생도 따라 넘어지고, 내가 다치면 동생도 덩달아 다쳤다. 그러니 일터에 나간 엄마의 속이 얼마나 타들어 갔을까.

이런 어린 시절의 이야기들이 하나로 엮어져 영화처럼 장면들이 지나가면 이젠 엄마께 죄송한 마음이 들면서 눈물이 나온다. 몇 년 전까지만 해도 나는 엄마의 이야기에 별다른 공감을 하지 못했다. 오히려 그 당시에는 다들 그렇게 어렵게 살지 않았느냐며, 군대 간 남편을 기다리며 자식을 지키는 게 당연한 거 아니냐며 냉소적으로 굴었다. 나뿐만이 아니었다. 우리 4남매 모두 아무도 엄마의 헌신과 사랑을 인정해주지 않았다. 우리는 엄마를 원망만 하고 있었다. 엄마는 이런 이야기를 하실 때면 목이 메어 말을 잇지 못할 때가 많았지만, 우리는 이렇다 할 위로조차 해드리지 않았다.

나는 집단상담 심리치유에서 이런 나의 심경의 변화와 엄마에 대한 연민과 이해들을 풀어놓았다. 덕분에 가슴 속에서 차갑게 응어리져 있던 무언가가 서서히 녹아내리고 있음이 느껴졌다. 그간 마녀처럼 보이던 엄마가 비로소 고마운 이미지의 어머니상으로 변화하기 시작했다.

더군다나 최근 들어 안 사실이지만 엄마에겐 그간 아무에게도 말하지 못 하는 아픈 상처가 있었다. 엄마가 열여덟 살쯤 됐을 때 비 오는 날, 동네 청년 세 명에게 성추행을 당했다고 했다. 겨우 빠져나와 온몸이 비에 젖은 채로 집에 도망쳐 와서 새엄마에게 울면서 이야기를 했더니, 외려 혼을 내더란다. 행동을 칠칠치 못하게 하고 다니니 그런 일이 생긴 거라며 엄마를 욕하고 때렸다는 것이다.

50년이나 지난 일임에도 엄마는 그날의 끔찍하고 서러웠던 기억에 끝내 말을 잇지 못하며 흐느끼셨다. 뭐라 위로를 해야 할지 몰라 나는 말없이 엄마의 손만 잡아드렸다. 나는 그제야 엄마가 딸들에게 왜 한 번도 예쁘다고 말해주지 않았는지 알게 됐다. 당신이 당한 그런 끔찍한 일을 딸들이 겪게 될까봐 두려웠던 것이다.

엄마는 그날의 끔찍한 기억을 본인 가슴에만 묻어둔 채 50년을 살아오셨다. 그 불안하고 두려운 상태에서 엄마라는 역할을 해왔으니 따뜻하고 차분하게 아이들을 대하기란 어려웠을 것이다. 자신의 나약함을 들키지 않기 위해 더 거칠고 강하게 아이들을 대했을 것이다. 나는 그제야 엄마가 이해가 되었다. 겁이 없고 용감하신 분이 혼자 있는 것을 끔찍할 정도로 싫어하는데, 그 이유도 이제 알 것 같았다. 엄마는 나보다 더 많은 상처를 가지고 있었던 분이고, 그럼에도 자신의 아이들을 어떤 상황에서도 지켜 낸 분이었다. 그 방식이 조금 틀렸다고 해도 나는 엄마가 자식을 지켜 낸 그 사랑만큼은 충분히 인정한다.

엄마의 깊은 상처를 안 후부터 나는 엄마가 당신 자신이 소중한 존재임을 느낄 수 있게 해드리고 싶었다. 그러던 중에 엄마의 생신이 다가왔고, 이번만큼은 제대로 축하와 감사의 마음을 전해드리고 싶었다. 엄마의 생신이 여름방학을 앞둔 때라 평소엔 방학 때 찾아뵙는다고 하며 대충 용돈만 보내드리고 말았다. 그런데 지난 생신 때는 아이들을 학교에 결석까지 시키고 직장에는 3일 휴무까지 받아 엄마를 뵈러 갔다.

나는 엄마께 생신을 축하드리며, 우리 4남매를 잘 키워주셔서 고맙다는 인사를 드렸다. 그리고 지금껏 엄마를 미워하고 원망했던 마음을 털어놓으며 진심으로 용서를 빌었다. 순간, 엄마가 어깨를 들썩이며 큰소리로 흐느껴 우셨다. 나도 뜨거운 눈물이 흘러내렸다. 엄마는 당신도 잘못했노라며 내게 용서를 구하셨다. 엄마의 한과 나의 한이 함께 풀어지는 듯했다.

엄마는 우리에게 대단한 것을 원하신 것이 아니었다. 그저 당신과 함께 있어주고, 인정해주길 바란 거였다. 그런 엄마를 우리는 늘 멀리했다. 비록 모진 매질과 거친 욕설로 우리를 키우셨지만, 대학 교육은 물론 결혼까지 시켜주시고, 그 자식이 쉰 살이 되도록까지 자식 걱정에 마음을 끓이신다. 이런 엄마의 사랑과 헌신에 감사는커녕 묵은 상처만 꽁꽁 껴안은 채 늘 원망만 하고 있었다.

엄마도 이제는 많이 달라졌다. 자식들에게 미안하다는 말씀도 제법 하신다. 약간은 우습기도 하고 독불장군 같던 어머니가 이제는 이빨이 다 빠져버린 힘없는 호랑이가 되신듯해 안쓰럽기도 하다.

엄마와의 얽힌 관계가 풀리고 긍정적으로 회복되면서 신기하게도 다른 관계들이 편안해지기 시작했다. 인간관계는 원래 어려운 것이라지만 유독 내겐 더 어렵게 느껴졌었다. 그러나 이제는 사람들에게 좀 더 가까이 다가갈 수 있게 되었고, 조금씩 그들을 믿을 수 있게 되었다. 믿게 되었다는 것은 남들에게 싫은 소리도 낼 줄 알게 되었다는 것이다. 싫은 소리를 해도 그들이 나를 왕따를 시키거나 미워하지 않는다는 것을 알게 되었다.

지난 시간 동안 나는 억울해도 말을 하지 못했다. 모든 사람에게 잘 보이고 싶었고, 누군가가 나에게 반감을 갖는 게 싫었다. 그러나 그건 애초에 불가능한 일이었고 무의미한 바람이란 걸 알게 됐다. 그래서 나는 사람들과의 관계에 두려움부터 걷어내기로 했다. 잘 보이려는 마음 대신 솔직한 내 마음을 보이기로 했다. 마음에 들지 않으면 마음에 들지 않는다고, 억울하면 억울하다고 말하기 시작했다. 덕분에 울화가 치미는 일이 점점 줄었고, 염려와는 달리 오히려 사람들과 더 친밀해지고 있다.

그뿐만이 아니다. 아이들과 나의 관계도 긍정적으로 변화하기 시작했다. 남편과 사는 동안, 나는 아이들을 위해 나름의 노력을 기울였지만 남편에 대한 불만과 미움이 크니 아이들에게도 마냥 따뜻하고 포근하게 대할 수만은 없었다. 무엇보다 몸과 마음이 무너져 내릴 땐 나도 모르게 짜증을 내고 귀찮

아했다. 그래서 나는 따뜻한 어머니가 아니라는 생각에 고통스럽고 아이들에게 늘 미안했다. 남편에게도 나는 따뜻한 아내가 아니었을 거라는 느낌 또한 죄책감을 느끼게 하는 원인 중 하나였다.

다행스럽게도 엄마와의 관계가 회복되자 내 안의 따뜻하고 포근한 에너지들이 되살아나는 듯했다. 상처로 꽁꽁 얼어붙어서 봉인되어 있던 내 안의 따뜻함이 나를 채우기 시작했고, 어느덧 나는 따뜻하고 안식처 같은 어머니의 모습으로 변화해가고 있었다. 학교 기숙사 생활을 하는 두 아들이 한 번씩 집에 와서는 편안하게 먹고 쉬고 하는 걸 보면 내가 엄마로서 잘하고 있다는 느낌이 든다.

나는
바보 같은 엄마가
되고 싶다

남편이 떠나고 2년이 지난 때였다. 수능 전날에 예비 소집을 마치고 평소보다 일찍 집으로 들어온 둘째 아들이 일하고 있는 내게 전화를 걸어 왔다.

"이제껏 엄마가 나한테 해준 게 뭐가 있어요?"

갑자기 심장이 덜컥 내려앉는 기분이었다. 온 힘을 짜내 홀로 아이들을 키우며 겨우겨우 버텨오던 때에 느닷없이 그런 말을 들으니 길을 걷다 뒤통수를 세차게 얻어맞은 기분이었다. 비록 극심한 우울증으로 최선을 다하진 못했지만, 고3인

둘째가 신경을 안 쓰게 하려고 내 나름의 노력은 하고 있었다. 그런데 아이에게 그런 말을 들으니 "왜 그러지? 무슨 일이 있었나?"와 같이 아이 입장에서의 생각이 아니라 "열심히 사는 나에게 네가 이러면 안 되지!"와 같이 내 입장에서의 생각이 먼저 스쳤다. 둘째가 계속 이어서 이런저런 이야기를 하는데 내용은 들리지도 않았다. 그저 "내가 왜 이런 소리를 들어야 하나?"라며 억울하기만 했다.

전화 통화를 하는 동안, 나는 아이가 하는 말에 일일이 해명하고 나를 변호하고 싶었다. 아이의 말도 안 되는 소리에 "공부나 해라, 이 머저리야! 내일이 시험이라고!"라며 소리 지르고 시원스레 등짝도 한 대 후려치고 싶었다. 그러나 다행히도 나의 지혜로운 이성이 격렬하게 끓어오르던 감성을 신속하게 제지해주었다. 수능 전날이라 아이가 무척이나 불안하다는 것을 알아챈 것이다.

둘째 녀석이 울부짖으며 말도 안 되는 소리를 할 때부터 평소와 다르게 반응해야 한다는 느낌이 본능적으로 들었다. 나의 서운함을 뒤로 밀어둔 채 아이의 불안을 먼저 받아줘야 했다. 혼자 모든 걸 떠안은 엄마의 고생도 모르고 버릇없이 대든다고 생각할 게 아니라 오로지 아이의 입장에 서 보아야 했다.

시험은 내일인데 공부한 건 별로 없는 것 같고, 좀 더 열심히 할 걸 하는 후회도 되고, 답답하고 걱정되고 두려울 것이다. 이런 아이의 마음이 느껴지자 둘째가 무척 안쓰러워졌다. 그리고 이런 불안하고 괴로운 감정을 엄마에게라도 쏟아낼 수 있는 게 어쩌면 다행이란 생각까지 들었다.

나는 둘째에게 "미안하다. 알았다"라는 말만 하고는 전화를 끊었다. 억울하고 화도 나고 눈물이 나왔지만 참았다. 나를 달래는 것 외엔 딱히 방법이 없었다. 같이 맞짱을 떠봐야 나만 손해였다. 아이의 고통은 나의 고통으로 이어질 테고, 아이의 방황은 곧 나의 방황으로 이어질 것이기 때문이다.

둘째가 전화를 끊고 조금 지나서 셋째가 내게 전화를 했다. 아이는 오빠에게 소리가 들릴까 봐 최대한 낮고 작은 목소리로 말했다.

"엄마, 오빠가 짐을 싸고 있어요. 오늘 밤에 집을 나갈 거래요. 그런데 내일 수능은 볼 거래요. 지금은 들어오지 마세요! 엄마를 보면 엄마한테 소리 지를 것 같아요."

나를 걱정해주는 셋째가 고마웠다. 둘째가 짐을 싼다는 소리에 많이 놀랐지만 셋째가 놀랄까 봐 나는 애써 태연한 척했다.

"오빠가 짐을 싸든 말든 내버려 둬. 가만히 내버려 두면 알아서 진정될 거야."

나는 둘째가 집을 나가지는 않을 거란 걸 믿었다. 아이는 자신의 힘든 마음을 알아달라고 내게 투정을 하는 것이었다.

불안한 마음을 애써 다독이며 겨우겨우 일을 마쳤다. 나는 집으로 곧장 들어가지 않고 근처 커피숍에서 한참을 앉아 있었다. 둘째가 마음을 진정시킬 시간도 필요했지만 나 또한 나를 추스를 시간이 필요했다. 둘째와의 전화 통화 내용을 찬찬히 떠올려보니 아이의 감정에 휘말리지 않고 나름 현명하게 대처한 것 같아 다행이란 생각이 들었다. 아이의 불안을 알아차리고 엄마로서 잘 버텨줬다는 생각에 내심 뿌듯하기까지 했다. 그야말로 상담심리를 공부한 덕을 톡톡히 본 셈이다.

문득, 내가 대학입시를 치르던 때가 생각났다. 그날 아침 나는 괜한 짜증을 부리고 있었다. 날이 날인만큼, 많이 불안했던 듯하다. 엄마는 평소 그분답게 대학입시를 치러 가는 딸의 뒤통수에 대고 무자비한 악담을 쏟아 내셨다.

"시험에 똑 떨어져라! 오는 길에 차에 치어 죽었으면 속이 시원하겠네!"

아직도 그 말이 생각나는 건 아마도 어린 마음에 무척 상처가 됐던 모양이다. 그날 나는 울면서 시험을 보러 갔었다. 시험을 어떻게 봤는지 기억도 나질 않는다. 덕분에 나는 대학입시를 3년이나 연속해서 치러야 했다.

나는 좋은 엄마가 되고 싶었다. 아이들의 투정을 다 받아주는 엄마가 되고 싶었고, 자존심 따위는 없는 그런 엄마가 되고 싶었다. 아무것도 모르는 바보 같은 엄마가 되고 싶었다. 그래서 아이가 뭐라고 따지고 말도 안 되는 소리를 해도 "미안하다. 엄마가 몰라서 그랬다"라고 져주는 엄마가 되고 싶었다.

사실 둘째가 흐느끼며 말도 안 되는 소리를 지껄일 때도, 그 내용이 중요한 게 아니었다. 그러한 이야기에 일일이 답변하고 나를 변호해봐야 소용이 없다. 소화가 안 돼서 토하고 있을 땐 음식물을 잘 토하게 내버려 두고, 다 토하고 나서 치우면 그만이다. 그러면 오히려 개운하고 시원해진다. 둘째 녀석도 그랬다. 아이는 제 마음에 체해서 내려가지 않던 것들을 일순간 내게 다 토해내고 있었던 거다. 그러니 거기에 일일이 반응하기보다는 오히려 가만히 내버려 두는 것이 최선이다.

나는 마음을 추스르고 집으로 들어갔다. 막내가 영문도 모른 채 해맑게 나를 맞이했다. 둘째가 보이지 않아 내심 걱정하며 물어보는 나에게 막내는 아까 오빠가 자기한테 "안녕!" 하며 방으로 들어갔다고 했다. 평소 동생들 걱정을 많이 하는 아이라 막내동생에게 엄마랑 한바탕 소란을 피운 티를 내고 싶지 않았던 모양이었다. 다행이었다.

둘째는 나에게 퍼부어 댄 것이 미안했던지 한참 후에야 방에서 나와 주섬주섬 간식을 집어 먹고 이모가 보내준 찹쌀떡도 한 개 집어 먹었다. 그 모습이 귀여워 웃음이 나왔지만 참고 아무 말도 하지 않았다.

"이 차는 기억력을 좋게 해준대. 지금까지 공부한 거 다 기억날 거야!"

늦은 밤에 책상에 앉아 공부하고 있는 아이에게 따뜻한 차를 건네며 말했다.

"고마워요, 엄마!"

둘째가 멋쩍게 웃었다. 난 성공했다. 나는 나의 바람대로 자존심도 없고 바보같이 다 받아주는 그런 엄마가 되어준 것이다.

아이의 밝아진 얼굴에서 그 아이의 밝은 미래가 보이는 듯했다. 적어도 아이는 나의 20대처럼 칙칙하고 어둡게 살지는 않을 것이다.

"쫄지 마. 시험 잘 볼 수 있어! 네가 아는 것만 나올 거니까.

그리고 어제 그 기억력 좋아지는 차 보온병에 담았으니 따뜻한 거 챙겨 마시고 시험 잘 봐라. 우리 아들, 지금까지 잘 버텨줘서 고맙고 기특하다!"

아침에 도시락을 챙겨주며 아이의 긴장된 마음을 다독여주었다. 어쩌면 20년여 전의 내가 들었어야 할 말을 이제야 나 자신에게, 그리고 아들에게 들려주고 있는 것인지도 몰랐다.

집을 나서는 둘째의 뒷모습을 바라보며 살짝 눈물이 맺혔다. 전날 심하게 한바탕 몸살을 앓은 녀석이 가방을 메고 도시락을 들고 나가는 모습이 고맙기도 하고 기특하기도 했다. 또한 지난 저녁, 엄마로서 잘 버텨준 나 자신이 대견하기도 했다. 여전히 많이 아픈 나였지만 그럼에도 엄마이기에 나는 아이의 마음을 먼저 보듬어야 하고 살펴야 했다. 그것을 잊지 않은 나의 이성이 고마웠다.

다 하 지 못 한
용 서 를 받 아 준
아 이 들

마음을 치유하기 위해 다니던 상담치유 세미나에서 가족이 함께 참여할 수 있는 캠프가 열려 아이들을 모두 데리고 참여했다. 그저 숨이라도 한 번 시원하게 함께 내쉬고 싶었다. 남편이 떠난 지 3년이 다 되어서야 이런 시도를 했다.

그곳에서 하는 프로그램 중에 각자 사연이 있는 노래를 신청하고 앞에 나와서 노래에 얽힌 사연을 들려주는 시간이 있었다. 어느 여성분이 〈여정〉이라는 노래를 신청하고는 그 노래에 맞춰 아름다운 선율의 춤을 추었다. 그리고는 자신은 어

머니만 새어머니인 줄 알고 살았는데 알고 보니 아버지도 친
아버지가 아니었다고 말했다. 실은 아기 때 그 집 앞에 버려진
자신을 그 두 분이 키워주신 거였다. 게다가 그 어머니는 본인
이 네 살 때 돌아가시고 이후론 다른 어머니에게서 자랐다고
했다. 사연을 들려주며 그녀는 눈물을 흘렸고, 듣고 있던 우리
도 안타까움에 눈시울이 붉어졌다.

"당신은 그 집 앞에 버려진 게 아닙니다. 그 집에 선물로 보
내진 겁니다. 그 어머니도 당신으로 인해 행복했을 겁니다."

프로그램을 이끌던 선생님의 말씀에 그녀는 펑펑 울기 시
작했다. 버려진 아이에서 선물로 보내진 귀한 아이로 자아상
이 완전히 뒤바뀌는 순간이었다. 똑같은 상황이지만 어떻게
바라보느냐가 중요한 것이었다. 그곳에 모인 사람들도 함께
눈물을 흘렸고, 나와 우리 아이들의 눈에서도 눈물이 터져 나
왔다.

그 다음으로 중년 남성이 김광석 씨의 〈어느 60대 노부부
이야기〉란 노래를 신청했다. 자신의 아내가 여러 차례 자살
시도를 했으며, 이제는 본인도 지쳤다는 것이다. 그 가사를 들
으니 나는 이미 60대 노부부가 될 수 없다는 사실에 슬펐고,
우리 아이들이 안 됐다는 생각이 들었다. 부부가 함께 늙어가

면서 자식들에 대한 이런저런 이야기를 나눌 수 있다는 건 축복이라는 생각도 들었다.

중년 남성의 사연이 모두 끝나고 다음 차례가 되자 갑자기 둘째 아들이 앞으로 나갔다. 그리고는 강산에 씨의 〈거꾸로 강을 거슬러 오르는 저 힘찬 연어들처럼〉이란 노래를 신청했다. 노랫말이 꼭 내 마음과 같아서 내가 한동안 자주 들었던 노래였다.

흐르는 강물을 거꾸로 거슬러 오르는 연어들의
도무지 알 수 없는 그들만의 신비한 이유처럼
그 언제서부터인가
걸어 걸어 걸어오는 이 길
앞으로 얼마나 더 많이 가야만 하는지
여러 갈림길 중
만약에 이 길이
내가 걸어가고 있는
돌아서 갈 수밖에 없는 꼬부라진 길일지라도
딱딱해지는 발바닥 걸어 걸어 걸어가다 보면
저 넓은 꽃밭에 누워서 난 쉴 수 있겠지

여러 갈래길 중

만약에 이 길이

내가 걸어가고 있는

막막한 어둠으로 별빛조차 없는 길일지라도

포기할 순 없는 거야

걸어 걸어 걸어가다 보면

뜨겁게 날 위해 부서진 햇살을 보겠지

그래도 나에게 너무나도 많은 축복이란 걸 알아

수없이 많은

걸어가야 할 내 앞길이 있지 않나

그래 다시 가다 보면

걸어 걸어 걸어가다 보면

어느 날 그 모든 일들에 감사해 하겠지

　노래가 끝나고 둘째가 사연을 이야기했다. 아이는 "이 노래
는 엄마가 자주 듣던 노래인데, 엄마가 왜 이 노래를 자주 들
었는지 이제야 이해가 된다"고 했다. 그러고는 "아빠가 돌아
가시고 엄마가 이 노래를 들으면 제가 시끄럽다고 소리를 질

렀어요. 정말 죄송해요, 엄마!"라며 흐느껴 울기 시작했다. 남편이 떠날 때 중학교 3학년이던 아이가 어느덧 자라서 고등학교 3학년이 되어 있었다. 다 큰 장정의 몸으로 어린아이처럼 꺼이꺼이 우는 둘째의 모습에 나도 덩달아 눈물이 터졌다. 그러자 옆에 있던 어린 두 딸도 함께 울기 시작했다.

나의 사정을 알고 있던 선생님은 아이들과 나를 모두 앞으로 불러내셨다. 고개를 숙이고 울고 있는 내게 "고개를 들고 눈을 뜨고 네 명의 아이들을 바라보세요. 남편이 당신께 선물로 주고 간 아이들입니다"라고 하셨다. 그러고는 "남편이 고스란히 저 아이들 속에 들어 있습니다"라고 하셨다. 선생님의 말씀이 마치 "남편과 다 하지 못한 것은 저 아이들과 함께하면 된다"는 소리로 들렸다.

현실의 힘겨움이 목구멍까지 차오를 땐 간혹 네 명의 아이들이 남편이 남기고 간 짐 덩어리처럼 느껴지곤 했었다. 그런데 선생님의 말씀 덕분에 아이들은 남편이 내게 주고 간 네 개의 선물 보따리로 바뀌었다. 나와 아이들은 서로를 함께 끌어안고 엉엉 소리 내어 울었다. 캠프에 참여했던 분들이 모두 나와 우리를 둘러싸고 함께 울어주었다.

내 속에서 뜨거운 눈물이 흘러내렸다. 그동안 아이들에게 화를 내고 짜증을 냈던 게 너무도 미안했다. 아이들이 내 발목을 붙들고 있다고 생각했었는데, 사실은 나를 살게 해주는 너무나 감사한 선물이었다. 생각을 바꾸니 마음이 가벼워졌고 아이들도 달리 보였다. 그제야 아이들이 우는 것도 보이고 웃는 것도 보였다. 함께 울고 함께 웃을 수 있게 됐다. 이전의 나는 나의 슬픔과 힘겨움에 취해 아이들에게 쉽사리 공감하지 못했다. 아이가 울면 도대체 왜 우냐고 했고 웃으면 뭐가 웃기냐고 했다.

모두가 제 안의 것을 맘껏 토해내고 새로운 것을 채워 넣어서인지 집으로 돌아오는 차 안에서 우리 가족은 한결 가까워지고 끈끈해진 느낌이었다. 게다가 가족 모두가 좁은 차 안에 옹기종기 모여앉은 것은 남편을 보낸 후 처음 있는 일이었다. 모처럼 가벼워진 마음으로 음악을 즐기던 중에 나는 용기를 내 아이들에게 사과를 했다. 그래야 할 것 같았다.

"애들아 미안해! 너희한테는 소중한 아빠였는데 엄마가 아빠를 미워했어. 그런데 엄마가 이제야 알았어. 엄마도 아빠를 사랑했다는 사실을 말이야. 애들아 미안해!"

목이 메어 말이 안 나올 지경이었지만 애써 담담한 척하며 사과를 했다. 그런데 아이들은 킥킥대며 웃고 있었다. 그러면서 "우린 원래 알고 있었어요!"라는 것이다. 순간, 피식하며 웃음이 새어 나왔다. 아이들이 나보다 더 똑똑했다. 내가 제 아빠를 사랑한다는 것을, 아니 남편과 내가 서로 사랑한다는 것을 아이들은 원래 알고 있었다. 남편과 나만 모르고 있었다.

지난 세월 동안 아이들은 우리 부부를 바로 보고 있었다. 뇌는 말보다는 행동에 더 많은 영향을 받는다고 했듯이 아이들도 엄마와 아빠가 주고받는 말보다는 행동 하나하나를 보고 느낀다. 남편은 아이들 앞에서도 나를 자주 안아주었다. 좋은 것, 맛있는 것이 있으면 언제나 나부터 챙겨주었고 아이들에게도 언제나 엄마가 우선이라고 말해주었다. 나는 뾰로통하게 화를 내면서도 언제나 못이기는 척하며 그의 마음을 받아주었다. 어쩌다가 온 가족이 모여 과일을 먹을 때면 나는 남편의 옆에 바짝 붙어 앉아 과일을 깎고 포크로 집어 그의 손에 쥐여 주었다. 아이들의 정서를 생각해 약간의 연출이 보태어진 행동이었지만 거짓된 마음은 아니었다. 아이들은 그것을 모두 보고 있었던 모양이다.

오랜만에 아이들 넷을 태우고 좋아하는 노래를 실컷 들으며 집으로 돌아왔다. 마음속에 꽁꽁 얼어붙어 있던 것들이 하나둘 녹아내리는 기분이었다. 아이들 역시 캠프를 통해 훨씬 더 성숙해지고 마음도 평온해진 듯했다. 캠프에서 돌아온 후 아이들은 차분하게 다시 일상으로 돌아갔으며, 학교생활도 더욱 충실하게 임했다.

이후 나는 남편에게 다하지 못한 용서를 아이들에게 빌었으며, 아이들은 기꺼이 용서해주었다. 덕분에 두 아들은 든든한 나의 친구가 되었고, 두 딸도 행복해진 나를 보며 밝게 행복하게 지내고 있다.

다시 피어난 일상의 소소한 행복

남편이 떠날 때 초등학교 4학년이었던 셋째가 어느새 훌쩍
자라 중학생이 되었다. 나는 한동안 셋째와 함께 일주일에 한
번씩 대형마트에서 운영하는 문화센터에 운동을 하러 다녔
다. 오가는 동안 아이와 수다도 떨고, 돌아올 땐 반찬거리도
사고 아이들이 좋아하는 간식도 살 요량이었다. 그런데 정작
장바구니엔 반찬거리는 얼마 되지 않는다. 국산콩으로 만들
었다는 두부와 친환경이라고 쓰여있는 콩나물, 할인하는 무
항생제 달걀 한 판이 전부였다.

이에 반해 셋째가 고른 간식은 화려하다. 알록달록한 젤리와 과자, 주스 등 주객이 전도된 느낌이 역력하다. 게다가 오빠들과 동생이 먹을 것도 함께 담았다지만 죄다 자기가 먹고 싶은 것들로 골라 담은 듯했다. 모른척하며 "우리 딸 착하네. 오빠들이랑 동생까지 챙기고"라며 칭찬해주니 아이는 입꼬리가 귀에 걸릴 정도로 말갛게 웃었다.

셋째는 어쩌다 가끔 동생 없이 엄마를 독차지하면 마냥 행복해한다. 게다가 좋아하는 간식까지 맘껏 사는 날은 더욱 그렇다. 운동을 마치고 장을 본 후에 집으로 돌아가는 길엔 늘 자신이 좋아하는 음악을 크게 틀곤 내 승용차 조수석 앞의 거울을 열어본다. 그러고는 여중생들 사이에 인기가 많다는 옅은 립글로스를 입술에 살짝 바르며 재잘거리기 시작한다. 또래 여학생들이 즐겨 바르는 화장품의 종류와 각각의 특징 및 장단점에 관해 내게 설명한다. 나로서는 쉽게 이해하기 힘든 이야기들이지만 적당히 분위기를 맞춰주며 아이의 말에 호응해준다.

하루는 집으로 돌아오는 길에 셋째가 제 나름의 소확행에 관해 이야기를 들려주었다.

"엄마! 추운 겨울에는 이불 속에서 따뜻한 찐빵이랑 귤을

까먹는 게 최고의 행복이죠. 전 늘 이렇게 소확행을 즐겨요!"

어린아이의 입에서 피자나 햄버거가 아닌 찐빵이란 말이 나오니 너무 웃겨서 나는 큰 소리로 웃었다.

"난 엄마가 이렇게 크게 소리 내서 웃는 것도 참 행복하고 좋아요!"

"넌 행복한 게 많아서 참 좋겠네. 하하!"

"엄마, 찾아보면 세상엔 행복한 일이 참 많아요. 이렇게 엄마랑 얘기 나누는 것도 얼마나 행복한 일인데요."

작은 것에서 행복감을 찾는 아이가 참 대견하고 고마웠다. 가지지 못한 것, 가질 수 없는 것에 대한 불만이나 삐뚤어진 욕망이 아닌 제가 가진 것 안에서 수많은 감사함과 행복감을 찾는 아이의 모습에 나도 덩달아 행복해지는 듯했다.

차에서 내릴 때쯤 되면 셋째는 내리기 싫다며 동네를 한 바퀴만 더 돌자고 졸라댄다. 엄마랑 차를 계속 타면서 음악을 듣고 수다를 떨고 싶다며 말이다. 엄마와 함께 있으면서 행복감을 느끼는 아이의 모습에 나는 안도감과 함께 감사함을 느낀다.

어린 시절 내게 엄마는 행복감을 주는 존재가 아닌 불안과 공포, 심지어 분노의 대상이었다. 엄마와 함께 있는 시간이 끔찍하게 싫었고, 엄마가 있는 집이 싫었다. 최대한 빨리 엄마에게서 벗어나고 싶었다. 그래서인지 나는 절대 친정엄마와 같은 폭력적인 엄마가 되지 않으리라 다짐했다. 나는 아이들에게 따뜻하고 편안함을 주는 봄 햇살과 같은 엄마가 되고 싶었다. 늘 함께 있고 싶고, 존재만으로도 행복감을 주는 풍성한 가을 들판 같은 엄마가 되고 싶었다. 감사하게도 셋째가 내게 "엄마가 바로 그런 엄마예요!"라고 말해주는 듯해 너무나 기쁘고 행복했다.

나는 셋째의 나이에 소소하고 확실한 행복을 몰랐다. 온 세상의 고통을 다 짊어진 사람처럼 늘 걱정과 근심에 둘러싸여 즐거움과 행복감을 제대로 누리지 못했다. 집으로 돌아갈 생각을 하면 또 고통스러운 일들이 일어날 생각에 눈앞이 깜깜해지기도 했다. 그런 나의 어린 시절과 비교하면 아이가 부럽기도 하고, 아빠 없이도 저렇게 밝게 자라 준 게 대견하기도 했다. 아마도 셋째는 소확행을 누릴 줄 알기에 앞으로도 더 많이 행복할 거라는 생각이 든다. 작은 행복을 찾아 느낄 줄 안다면 매일 매일의 삶 가운데서 행복을 놓치지 않을 것이기 때문이다.

아이들이 행복해하는 것을 보면 나도 덩달아 행복해진다.

내가 그 아이들의 부모이기에 당연한 일이겠지만, 아빠가 없이 자라고 있는 아이들이기에 엄마인 나는 더욱 그 감정에 섬세하게 반응하게 된다. 게다가 나는 요즘 아이들 덕분에 행복이란 감정에 대해 새롭게 재해석하고 있다. 크고 거창한 것만이 행복이 아닌, 소소하고 별 것 아닌 일상에서도 얼마든지 행복감을 느낄 수 있다는 것을 깨닫게 된 것이다.

행복은 큰돈이 있거나 내로라하는 일류대학에 들어가거나, 배우자가 나를 왕이나 왕비처럼 떠받들어주어야지만 생기는 것이 아니다. 행복이 그런 상황에서만 생겨나는 거라면 우리는 평생에 몇 번이나 행복을 느낄 수 있을까. 더군다나 부자라고 행복한 것도 아니고, 일류대학에 들어갔다고 해서 행복한 것도 아니다. 돈 많은 부자 중엔 더 많은 것을 가지려 가족끼리 원수처럼 지내는 사람도 있고, 일류대학에 들어갔지만 똑똑한 친구들과 경쟁하며 스트레스를 견디지 못해 우울증을 앓는 이들도 있다. 또 배우자가 나를 왕이나 왕비처럼 떠받들어주어도 양가 부모님과의 불화로 힘든 사람도 있을 테다.

어느덧 스물세 살의 청년이 된 큰아들이 지난 겨울방학 때 집에 왔을 때의 일이다.

"넌 얼마면 네가 사고 싶은 거 다 살 수 있니?"

큰아들이 셋째에게 물었다. 나는 저 멀리서 소리를 낮추며 귀를 쫑긋 세웠다. 셋째가 뭐라고 대답할지 궁금했기 때문이다.

"오빠, 난 3만 원이면 내가 사고 싶은 거 다 살 수 있어!"

나는 웃음이 터져 나오려는 걸 간신히 참았다. 그런데 큰아들의 반응도 웃기긴 마찬가지였다.

"그것밖에 안 드니?"

의외의 대답이라 놀라운 것인지 부러운 것인지 큰아들이 진지하게 되물었다. 나는 스물세 살 대학생인 아들 녀석이 중학생인 여동생에게 던진 엉뚱한 질문도 재미있었지만, 거실 소파에 앉아 이런 대화를 나누는 아들과 딸의 모습이 마냥 사랑스럽고 귀여웠다.

멀리서 지켜보고 있노라니 행복함이 밀려왔다. 나 역시도 이제 소소하고 확실한 행복을 아는 사람이 된듯했다. 크고 거창한 행복만을 좇던 예전엔 꿈도 꾸지 못했던, 진짜 행복을 느낄 줄 아는 사람이 된 것이다.

많은 것을 가졌다고 해서 큰 것을 이루었다고 해서 행복감까지 함께 커지는 것은 아니다. 오히려 추운 겨울날에 따뜻한 이불 속에 파묻혀 찐빵과 귤을 까먹으며 행복감에 젖을 수 있다면 우리는 더 자주 더 많이 행복할 것이다. 그래서 우리는 소소한 일상에서, 심지어 보잘것없어 보이는 삶 가운데에서도 끊임없이 의미를 찾고 재미를 찾아봐야 한다.

남편이 허망하게 떠난 후, 극심한 우울감을 극복하기 위해 나는 끊임없이 책을 읽었다. 그런데 책을 읽다 보면 저자의 경험과 지식, 지혜 등과 만나 나 역시 뭔가를 깨닫고 식견이 넓어지는 것을 느낄 수 있다. 이 역시도 내겐 행복 중의 행복이다.

우리 아이들은 늘 집에서 북적거린다. 바깥보다 집이 더 좋다는 것이다. 나는 이것만으로도 너무나 행복하다. 나는 어릴 때 집에 가기 싫어 집주변을 맴돈 적이 한두 번이 아니었다. 그래서 집이 싫어 방황하는 사람들의 마음을 안다. 집이 편안하고 좋다면 굳이 바깥을 힘들게 떠돌 필요가 없다. 그것처럼 힘들고 두렵고 고통스러운 일도 없을 것이다. 쉴 수 있고 웃고 떠들 수 있고, 가족들과 맛있는 저녁을 먹고 따스하고 포근한 잠자리에 들 수 있다면 가출을 하라고 떠밀어도 하지 않을 것이다. 나의 아이들은 적어도 나처럼 집주변을 맴돌지 않아도 되니 이 얼마나 감사하고 행복한 일인가.

그뿐만 아니다. 두부 한 모, 콩나물 한 봉지, 달걀 한 판이 새로 산 반찬거리의 전부이지만 국산과 친환경, 무항생제를 골라 아이들에게 건강한 밥상을 차려주었다는 것만으로 나는 충분히 행복하다. 저녁 밥상을 치우고 아이들의 잠자리를 봐준 후 조용히 방으로 들어와 글을 쓰는 이 시간도 내겐 그 무엇과도 바꿀 수 없는 소중하고 행복한 시간이다. 그리고 그 무엇보다 큰 이변이 없는 한, 내일도 내겐 이런 소소한 행복들이 이어질 것이란 사실이 최고의 행복이다.

행복은 멀리 있지 않다. 그리고 거창한 것도 아니다. 우리 모두는 지금 당장이라도 행복해질 수 있다. 생각을 바꾼다면 언제든 누구든 행복을 만날 수 있다.

그럼에도
채울 수 없는
빈자리

남편이 떠난 후 나는 아이들에게 아빠의 빈자리를 느끼지 않게 하려고 아등바등했다. 하지만 생각만큼 잘되지 않았다. 어쩌면 그것은 처음부터 불가능한 일인지도 모른다. 경제활동을 해서 가장의 역할은 해낼 수 있겠지만 남편을 대신해 아이들의 아버지 역할을 할 수는 없다. 아무리 노력해도 아버지만이 해줄 수 있는 것을 내가 대신 채워줄 순 없다.

특히 두 딸을 사랑스러운 눈길로 바라보던 아버지의 역할을 대신할 수 없다는 것은 너무나 안타까운 일이다. 딸은 아버지의 사랑을 받아야 하고, 아버지를 통해 긍정적인 남성성을 접해봐야 한다. 그래야 남성을 무섭고 두려운 존재가 아닌 편안하고 자연스러운 대상으로 받아들인다. 나 역시도 친정아버지에게서 인정과 사랑을 받아본 경험 덕분에 남성을 대할 때 별다른 적대감이나 거부감 없이 편하고 자연스럽다.

친정아버지는 늘 따뜻한 눈빛으로 나를 바라보셨다. 내가 실수를 하면 아버지는 늘 내 코를 살짝 잡아당기시며 "이런 맹꽁이!"라면서 웃으셨다. 나는 아버지의 그런 모습에서 아버지가 나를 많이 예뻐하고 사랑하신다는 것을 느낄 수 있었다. 아버지는 고등학생 딸의 길게 자란 손톱도 손수 깎아주시곤 했다.

남편도 두 딸아이를 많이 예뻐해주었다. 셋째가 초등학교 1학년 때의 일이다. 학교에 가보니 별달리 재미가 없었던지 아이는 학교를 1년만 다니고 안 다니겠다고 했다. 남편은 이런 생각과 말을 하는 딸아이가 너무 귀엽다며 웃었다. 그렇게 1학년이 끝날 때쯤 아이는 학교생활이 괜찮았던지 1년은 더 다녀 보겠다고 했다. 남편은 천만다행이라며 한바탕 웃고는 셋째에게 학교에 가서 급식이나 맛있게 먹고 오라고 했다.

아이의 기억 속에 아빠는 대부분 술에 취해 있었지만, 그럼에도 자신을 사랑해주었던 긍정적인 기억도 클 것이다. 엄마인 내가 줄 수 없는, 아버지란 존재만이 줄 수 있는 이성에게서의 인정과 사랑을 받았던 기억은 훗날 아이가 자라서 이성을 대할 때 긍정적인 에너지로 쓰일 것이다.

남편은 집에서 누워 TV를 볼 때면 땅콩을 까서 껍질을 휘날리며 먹었는데, 그러면 딸아이들은 아빠 옆에 붙어 앉아 땅콩을 받아 입에 넣었다. 껍질을 사방에 흘리는 게 마음에 들지 않았지만 잔소리를 하지는 않았다. 모처럼 딸들과 갖는 소중한 시간이라는 생각에 그냥 내버려 두었다.

"아빠가 땅콩을 먹으면 우리가 옆에서 받아먹었어요. 우리가 잘 먹는다며 아빠가 계속 줬어요. 그때 참 맛있었는데."

요즘도 딸아이들은 그때의 이야기를 하며 아쉬운 표정을 짓는다. 사실 아쉬운 것은 땅콩이 아닐 테다. 그것이 무엇이든 아빠와 함께였으니 좋았고, 그것을 더는 할 수 없으니 아쉬운 것이다. 그리고 무엇보다 아빠가 그립고 보고 싶을 것이다. 엄마가 섭섭해하거나 슬퍼할까 봐 차마 입 밖으로 그 말을 꺼내지 않는 아이들의 마음이 안쓰럽고 아프다.

남편은 아이들에게 제법 넉넉한 마음의 아빠였다. 다른 집의 아빠처럼 아이들과 함께 놀아주고 자상하게 이야기하는 시간을 자주 갖지 못해서인지 인심만큼은 아주 후했다. 그는 가끔 낮에 아이들을 사무실에 불러 평소 갖고 싶어 하고 먹고 싶어 하던 것들을 사주곤 했다. 특히 갖고 싶어 하는 것들의 대부분이 엄마가 허락하지 않던 것들이라 아이들은 마냥 신나 했다. 아빠의 사무실에 갔다 오는 날엔 아이들은 뭔가를 가지고 방으로 재빠르게 들어가고는 했다. 그럴 때마다 나는 모르는 척해주었다. 그건 아이들만의 소소한 행복인 데다, 그나마 그렇게라도 아버지의 존재를 누리는 걸 방해하고 싶지는 않았다.

남편은 아이들에게 용돈도 풍족하게 주었다. 딱히 달라고 하지 않아도 지갑이 두둑한 날엔 잊지 않고 아이들의 용돈을 챙겨주었다. 늦은 밤 술에 취해 비틀거리면서도 아이들에게 줄 맛있는 간식을 양손에 들고 왔다. 내겐 밤늦게 들어오는 술 취한 남편이 보였지만 아이들에겐 자기들을 위해 먹을 것을 사 들고 오는 자상한 아빠가 보였을지도 모를 일이다.

슬프게도 이제 아이들에겐 엄마 몰래 뭔가를 부담 없이 요구할 수 있는 존재가 없다. 말하지 않아도 알아서 용돈을 챙겨주는 이도, 늦은 밤에 잊지 않고 간식을 사 들고 오는 이도 없다. 아이들에게 이제는 그런 존재가 없다. 아이들에겐 그것이 아빠의 사랑이었을 텐데, 이젠 그 사랑을 느낄 존재가 없다.

남편이 사라지고 나니 그제야 남편의 자리가 보인다. 나는 우리 집에 그의 자리가 있었는지도 잘 몰랐다. 남편은 늘 아이들이 모두 잠든 후에야 술에 취해 집에 들어왔고, 아이들이 모두 학교에 간 후에야 깨어나 움직였다. 그러니 아이들의 시간 속에 과연 아빠라는 존재가 얼마나 자리하고 있을는지 의문스럽기까지 했었다. 그런데 막상 남편이 사라지니 곳곳에서 그의 자리가 보였고, 그 자리는 그 사람 외엔 그 누구도 다시 채울 수 없음도 알게 됐다.

이혼한 집 아이들이 부러울 때가 있다. 그래도 그 아이들에겐 아버지라고 부를 대상이 있고 어머니라고 부를 대상이 있으니 말이다. 대상이 없다는 이 상실감은 그 무엇으로도 채우기가 힘들다. 존재의 부재는 그 자체만으로도 큰 상처다. 다시 살릴 수만 있다면 온 천하를 주고라도 그를 다시 살려내 내 아이들의 아버지로 살게 하고 싶다. 이혼을 하고 영영 나와는 안 보고 살더라도 아이들만큼은 아버지란 존재를 만나고 밥도 함께 먹고 돌아왔으면 좋겠다. 모두 모여 엄마인 내 험담을 한다고 해도 기쁘고 행복할 것 같다.

그 어떤 모습으로라도 그가 살아만 있다면 좋겠다. 나와 아무 상관 없이 살더라도 어딘가에 존재하고 있으면 좋겠다. 죽기 전에 나의 이런 마음을 알았더라면 그는 자살이라는 극단적인 선택을 하지는 않았을 것이다. 자신이 이토록 소중한 존재이고, 그리움의 대상이 될 거라는 사실을 알았더라면 그 길을 선택하지는 않았을 것이다. 조금만 더 생각해보고 조금만 더 참았더라면 아마도 웃을 날을 맞이했을 것이다. 오래도록 우리 아이들의 아버지로 살며, 턱시도를 입은 두 아들에게 엄지를 들어 격려해주고, 웨딩드레스를 입은 딸아이들을 멋진 남편에게 잘 인도해주었을 테다. 슬프게도 이제 남편은 그 무엇도 자신의 아이들과 함께할 수 없게 됐다.

새 아 빠 가
있 었 으 면
좋 겠 어 요

지인 중에 이혼한 지 10년 정도 지난 분이 있다. 얼마 전 그분
이 생활비가 부족해 이혼한 전남편에게 전화해서 돈 좀 달라
고 했더니 50만 원이 통장에 들어왔더란다. 비록 극심한 성격
차이로 이혼했지만, 부부의 인연으로 살았던 세월이 있고 아
이들의 아빠라는 사실엔 변함이 없으니 당당하게 "돈 좀 달
라"고 말할 수 있었다며 웃었다.

그분은 이혼하고 몇 년이 지난 후에야 겨우 친구나 지인들
에게 이혼 사실을 말할 수 있었다고 한다. 뭔가 자신이 문제가

있는 사람처럼 보일까 봐 두렵고 창피했다는 것이다.

"전 이혼하신 분들도 부러워요."

진심이었다. 이혼해서 부부가 남이 되었을지언정 적어도 그 집 아이들은 어머니, 아버지라고 부를 사람이 있지 않은가.

친한 후배는 한때 남편이 바람이 나서 무척 힘들어했다. 당시엔 나도 격분하며 후배를 위로했는데, 막상 남편이 죽고 나니 바람 난 남편이라도 남편이 있는 것이 훨씬 더 행복할 거란 생각이 들었다.

대형마트나 동네 슈퍼에서 부부가 다정하게 장을 보는 모습도 부럽고, 식당에서 두런두런 이야기를 나누며 서로의 밥에 반찬을 얹어주는 모습에도 찔끔 눈물이 난다. 심지어 지난밤 남편과 싸웠다며 속상해하는 친구도 더없이 부럽다. 사실 그녀의 투정이 내겐 남편 있다고 자랑하는 소리로밖에 안 들린다.

"엄마, 나도 새아빠가 있었으면 좋겠어요!"

작년에 막내가 느닷없이 새아빠가 있었으면 좋겠단 말을 했다. 아빠와 함께 한 시간이 가장 적었던 아이라 늘 안쓰럽고 마음이 쓰였는데, 예상치 못한 아이의 말이 당황스럽기도 하고 슬프기도 했다.

"평소에는 질문도 잘하고 친구들과 사이도 좋고, 뭐 하나 나무랄 데가 없는 아이예요. 그런데 가족 이야기를 하는 시간에 아무 말도 안 하고, 심지어 친구들이 이야기하는데 그만하라며 짜증을 내기까지 했어요."

막내가 초등학교 2학년 때 담임선생님께서 내게 조심스레 하신 말씀이다. 그때 집에 와서 아이에게 수업시간에 왜 그랬는지 이유를 묻자 "나는 아빠가 없잖아요"라고 대답했다. 나는 막내의 갑작스러운 '새아빠' 이야기에 그때의 일이 겹치며, 무슨 말을 해야 할지 몰라 말문이 막혔다. 왜냐고도 묻지 않고 그냥 "그렇구나" 하며 얼렁뚱땅 넘어갔다.

막내가 왜 그런 말을 했을지에 대한 궁금함과 염려가 뒤섞여 온갖 생각이 꼬리에 꼬리를 물었다. 며칠을 헤매다 끝내 상담실을 찾아갔다. 늘 내 편이셨던 선생님은 뭔가 아실 듯도 했다.

"아이는 새아빠가 있었으면 좋겠대요. 그런데 사람들은 아이가 어릴 때는 재혼하면 안 된다고 하더라구요. 아이들 문제로 사이가 나빠지고, 결국 헤어질 확률이 높아진다면서요. 저더러 막내가 스무 살쯤 되면 재혼하라고 하더라구요. 그런데 저는 더는 혼자 살기 싫어요. 누군가를 사랑하고 싶고 사랑도 받고 싶고, 아이들에게도 든든하고 좋은 아빠를 만들어주고 싶고…….”

두서없이 내 심정을 말하다 보니 설움과 외로움에 또 목이 메고 눈물이 터져 나왔다.

“누가 그럽니까? 애 어릴 때 재혼하면 헤어진다고. 아이들 어릴 때 재혼해도 아버지 역할 해가며 잘 사는 사람도 많습니다. 또 선생님을 사랑하는 남자라면 그 아이들도 분명 함께 돌보려고 할 겁니다.”

늘 그렇듯이 선생님은 무조건 내 편에 서서 말해주셨다. 덕분에 기분이 훨씬 나아졌다.

“정말요? 정말 그런 남자가 있을까요?”

정말 이 세상에 나와 함께 아이들 넷을 돌보며 자기 자식처럼 사랑해줄 남자가 있을까? 나는 단 한 번도 그런 사람이 있을 거란 생각을 해본 적이 없다. 주변의 지인들은 내게 그런 터무니없고 말도 안 되는 바람은 아예 마음에 품지도 말라며 입도 못 열게 했었다. 어림 반 푼어치도 없다며 말이다. 설령 나를 사랑해서 함께 살더라도 절대 아이들을 자신의 호적에 올려주지 않을 거라는 말도 했다.

“선생님이 사랑하는 남자라면 어떻게 할 것 같으세요?”

이번에는 선생님이 내게 물으셨다.

"저야 그 사람을 사랑한다면 당연히 그 사람의 아이도 함께 키우죠. 아이가 넷이든 다섯이든 그게 무슨 상관이겠어요."

"그렇죠? 어딘가에 그런 남자가 분명히 있을 겁니다!"

선생님의 말씀에 불끈 힘이 났다. 정말 그럴지도 모른다는 생각이 든 것이다. 불가능하기만 한 일은 아닐지도 모른다는 기대감이 올라왔다. 얼른 집으로 가서 막내에게 이 희망의 한 마디를 해주고 싶었다.

"너 새아빠 생겼으면 좋겠다고 했지?"

"네!"

"근데 왜 그런 생각을 했어?"

이번에는 이유부터 먼저 물어보고 말해주고 싶었다. 혹시나 아이들은 엉뚱한 소리를 할지도 모르기 때문이다. 그런데 정말 막내는 의외의 대답을 했다.

"난 엄마가 돈 걱정하는 게 싫고 직장도 안 다녔으면 좋겠어요. 그리고 엄마가 혼자 마트에서 장을 보고 들고 오는 것도 싫어요. 그래서 함께 장바구니를 들어줄 새아빠가 있었으면 좋겠어요."

아이의 말은 계속 이어졌다. 오빠들처럼 언니랑 자기도 언젠가는 대학교 기숙사로 떠날 텐데 그때 엄마 혼자 남게 될까 봐 걱정된다고 했다. 내 입에선 나도 모르게 헉 소리가 나왔다. 대견하고 기특하기도 했지만, 사실 약간은 어이가 없었다. 그리고 무엇보다 슬펐다.

초등학교 4학년은 아직 아이인데, 내 아이는 어른처럼 생각하는 듯했다. "새아빠가 있었으면 좋겠어요!"라고 말했다면, 왜 그런지 자신의 필요를 이야기해야 하는데 아이는 어른인 내 걱정을 하고 있었다. 복잡한 마음을 감춘 채 웃으며 "그럼 너 때문이 아니고 엄마 때문이었어?"라고 물었더니 아이도 웃으며 "네!"라고 대답했다. 마음이 짠했다.

아이에게 행복하게 잘 사는 모습을 보여줬어야 했는데 그렇지 못했던가 보다. 나의 외로움이, 힘듦이 아이에게 그대로 전해진 것이 아닌가 하여 염려가 됐다. 거창한 심리학적인 이론까지 찾지 않더라도, 내 아이의 마음에 엄마에 대한 염려가 있다는 것은 엄마로서 미안하고 부끄러운 일이었다.

비록 느리지만 나는 조금씩 나아지고 있었고, 힘을 내고 있었다. 그럼에도 내 아이가 나를 염려하고 있다면 더 힘을 내야 했다. 언젠가 정말 운명같이 새로운 내 짝을 만날지도 모를 일이지만 그 또한 내가 온전히 '나'로 서고 난 뒤의 일이다. 혼자 장바구니를 들어도 거뜬하고, 내 아이들을 키우기에 부족

하지 않을 만큼의 돈을 벌고, 깜깜한 밤에도 충분히 혼자 잠들
수 있을 만큼의 충만함이 있을 때, 비로소 나만큼이나 건강한
나의 짝을 만날 수 있으리라.

I wished you were alive

4장

준비하지
못한
이별에
대하여

어 설 픈
위 로 의 말 은
상 처 를 준 다

남편의 죽음 이후 지인들은 내가 염려되었던지, 일부러 나를 찾아와 함께 차를 마셔주고 교외로 나가 드라이브도 시켜주었다. 덕분에 혼자 이불 속에 웅크리고 있던 때보다 기분이 훨씬 더 나아졌다. 하지만 그들과의 대화는 여전히 힘겨웠다.

남편이 떠난 후 나는 절망감, 비참함, 배신감, 무력감, 참담함, 수치심, 버림받음, 부끄러움 등 이 세상의 부정적인 단어를 다 가져와도 모자를 만큼 고통의 늪에서 허우적거렸다. 이런 말도 안 되는 나의 감정들을 조심스레 쏟아내면 그나마 함께 상담 공부했던 지인들은 최대한 수용하고 받아주려 애를 썼다. 이런 분들이 내 주위에 있었다는 것은 그나마도 행운이었다.

문제는 가족이나 친구, 이웃과 같은, 일상에서 만나는 평범한 나의 지인들이었다. 그들은 나의 삶에 일어난 일들을 자신들의 방식으로 해석하며 조언을 하고 충고를 했다. 그런데 그들의 조언과 충고는 내게 별로 도움이 되질 않았다. 조언이나 충고를 하려고 할 때면 솔직히 나는 그들의 입을 막아 버리고 싶었다. "요즘 같이 제 한 몸도 살기 힘든 세상에 왜 애를 넷이나 낳았느냐?", "애들 모두 데리고 시댁에 쳐들어가서 그냥 눌러앉아라."와 같은 그들의 말을 듣고 있자면 내가 지지리도 못난 인간이 되어버린 기분이 들었다. 내가 그들보다 복이 없고 팔자가 사나워서, 못나고 부족해서 이런 일을 겪는 건 아니지 않은가. 그들도 나와 같은 문제를 겪었다면 나에게 그렇게 말하지는 못했을 것이었다.

앞서 소개한 《차마 울지 못한 당신을 위하여》라는 책에서 저자는 '어설픈 위로의 말은 상처를 준다. 당사자의 마음속에 분노가 치밀어 오르도록 만든다'라고 했다. 나도 그랬다. 누군가가 "그 마음 다 안다"며 어설픈 위로를 해오면 "당신이 도대체 뭘 안다고 그런 말을 하느냐!"며 화를 내고 싶었다. 게다가 그들은 "애들이 크고 시간이 지나면 괜찮아질 거다"라고 했지만 나는 여전히 안 괜찮다. 요즘도 가끔은 롤러코스터를 타는 것처럼 감정이 오르락내리락 요동을 친다. 심지어 나 자신이 미친 사람처럼 느껴질 때도 있다.

누가 내게 "아이들을 봐서라도 정신을 차리고 기운을 내야지"라고 하면, 맞는 말임에도 나는 불쑥 화가 났다. "왜 꼭 나는 그래야 되느냐!"라고 묻고 싶었다. 남편 없는 여자는 늘 정신을 차려야 하고 늘 씩씩해야 하고 늘 명랑해야 하냐고 따지고 싶었다. 나는 억울했다. 울어도 안 되고 우울해도 안 되고 슬퍼도 안 되냐고 따지고 싶었다. 아무도 내 마음을 모르는 것 같았다. 많이 힘들지 않냐고, 고생한다고 그 두 마디면 될 일이다. 그런데 사람들은 그 말을 못 한다.

어차피 뾰족한 해결책도 없었다. 유일한 해결책이라면 남편이 다시 살아나 이 모든 것을 원래대로 되돌려 놓는 것이었다. 그럴 수 없다면 차라리 아무 말 없이 그냥 나의 이야기를 들어주고 나의 감정에 공감해주길 바랐다. 공감을 받으면 힘이 생긴다. 내 이야기를 누군가가 들으며 말없이 고개 끄덕여주면 눈물이 난다. 그렇게 내 안의 것을 쏟아내야 내가 문제와 맞설 수 있다.

나의 깊은 절망과 뼛속까지 사무친, 소화되지 않은 설움을 토하고 싶었는데 그들은 듣고 싶어 하지 않았다. 오히려 나에게 말하고 싶어 했다. 그래서 나의 마음 깊은 곳에 있는 아픔과 괴로움은 아예 꺼내지도 못한다. 그저 적당히 그들의 눈치를 살피며 그들의 입에서 길고 지루한 잔소리가 나오지 않을 정도의 이야기만 한다.

고통과 절망을 경험한 사람에게는 설명도 필요 없고 충고도 필요 없다. 게다가 너의 고통 못지않은 아픔을 나도 이미 겪었노라며 자신의 경험담을 이야기할 필요도 없다. 그것은 나의 고통과는 별개의 것이기에 그저 지루할 뿐이다. 어설픈 위로나 조언보다는 그저 내가 버틸 수 있도록 지켜봐 주길 바랐다. 그리고 내가 느끼는 것을 느끼도록 놔두길 바랐다. 어차피 시간이 흐르면 나는 제 자리로 돌아온다. 그러나 주변의 지인들은 내가 멀리 갔다가 부서지기라도 할까 봐 지레 겁을 냈다. 설사 그렇더라도 그건 나의 선택이다.

어떤 분은 나의 이야기를 듣더니 뜬금없이 '와! 젊다'라고 했다. 다소 웃기긴 하지만 차라리 그게 기억에 남는 위로였다. 아직은 얼마든지 무엇이든 할 수 있는 시간이 있다는 말로 들렸다.

　위로와 공감은 의외로 어렵다. 남편이 떠난 지 5년이 지났지만 나는 나에게 제대로 공감해준 이들을 몇 번 못 만나보았다. 지인들 역시도 나를 걱정하고 안타까워하는 마음이 있다는 것은 알겠지만 그들은 그들의 입장에서 나를 바라보았다. 나는 내 입장에서 바라봐 줄 사람이 필요했다. 내가 얼마나 막막한지, 억울한지, 화가 났는지, 속상한지, 안타까운지 주변의 지인들은 모른다. 남편이 있는 여자들은 나의 심정을 이해하지 못한다. 이혼한 여자들도, 남편이 병석에 있는 여자들도 나의 심정을 공감하지 못한다. 남편의 자살을 경험해보지 못한 그들은 나의 심정을 몰라도 한참 모른다. 물론 알 길도 없을 것이다. 배우자인 내가 무언가 잘못한 게 있을 거라는, 흘리듯 내뱉는 말에도 내 심장은 멈출 것 같았다. 심지어는 서슴없이 내가 죽인 거나 다름없다고 말한 사람도 있었다. 결국 나는 서서히 말수가 줄었고 이해받고 공감받으려는 마음도 버렸다.

　시간이 흐르면서 지인들은 각자의 일상으로 돌아갔다. 나만 여전히 그대로였다. 풀지 못한 숙제를 질질 끌고 다니는 열등생으로 보일까 봐, 그래서 그들이 나를 한심하게 생각할까 봐 창피하고 두려웠다. 그래서 차라리 혼자인 게 더 나았다.

나를 조금만 더 기다려 주면 절망감과 슬픔, 분노, 버림받았다는 느낌에서 빠져나올 텐데 지인들은 내가 신속히 그것들을 다 털어내길 바랐다.

상처는 일순간이지만, 그것이 회복되는 데는 생각보다 더 많은 시간이 걸린다. 나는 아직도 그 회복의 길을 더듬거리며 천천히 걸어가고 있다. 내 안의 슬픔과 분노가 걷히고 나면 샘물처럼 기쁨이 올라올 틈이 생길 것이다. 그런데 그 작업은 결코 편한 길도 지름길도 없다. 어디까지 가야 회복됐다고 말할 수 있는지도 알 길이 없다. 그저 몇 달 전보다는 조금 더 웃을 수 있고, 집에 화초가 늘어나고, 좀 더 아침에 잘 일어나고, 재활용이 넘쳐나기 전에 들고 나가는 정도라면 회복되는 중이라고 할 수 있을까. 이게 남편이 떠난 지 3년이 지나고서야 겨우 나타난 일상의 작은 변화들이다.

병원의 심리상담실에서 툭하면 울기만 하던 내가 언제부턴가 농담을 주고받으며 웃기 시작하자 선생님은 "이제 졸업입니다!"라고 하셨다. 전문가가 졸업이라고 하니 마치 입원 중이던 환자에게 "이제 퇴원입니다!"라고 하는 것 같았다. 순간 내가 어느덧 이렇게 됐구나 싶은 게 가슴이 벅차올랐다. 서러워도 참고 가야 했고, 눈물겨워도 눈물을 삼키며 가야 했다.

누가 수군거려도 못 들은 척해야 했다. 하지만 끝나는 날이 있다. 그 길을 누군가가 함께 걸어주면 된다. 괜찮다고 이 또한 지나가리라고 말해주며, 망가진 모습에도 떠나지 않고 함께 해줄 한두 사람이면 족하다.

인생은
짧은 순간순간이 모여
완성된다

"언니, 나 시력이 많이 나빠졌대."

평소 유쾌함의 아이콘으로 통할만큼 에너지 넘치던 대학원 후배가 심각한 목소리로 전화를 했다. 후배는 라식수술 부작용으로 시력이 안 좋아지고 있었는데 근래 들어 시력이 급격히 떨어진다며 걱정을 했다.

"언니, 시력이 더 떨어져서 나중에 우리 애들 얼굴도 못 알아보면 어떡하지?"

갑작스러운 후배의 말에 덜컥 가슴이 내려앉았다. 내 눈앞에 아이를 두고도 그 얼굴을 못 알아본다면 얼마나 애가 탈까. 아이들을 키우는 같은 엄마의 입장에서 더욱 마음이 아려왔다. 그러나 미리 걱정할 필요가 없다고 생각했다. 병원에서 근무하고 있는 나로서는 사람의 일은 한 치 앞도 모른다는 것을 매일 매일 경험하고 있기 때문이다. 곧 죽을 것 같은 환자가 오히려 오래 살고, 멀쩡했던 환자가 갑자기 사망하는 것을 여러 번 보았다. 후배 역시 의료기술의 발전으로 시력 회복 수술을 받을 수도 있고, 갑자기 기적처럼 시력이 회복될 수도 있는 일이다. 미래는 변수도 다양하고, 예측이 힘든 일도 너무나 많다.

"오늘은 아이들 얼굴 다 보이잖아. 그걸로 일단은 감사하자. 오늘은 오늘만 생각하자. 내일 일은 내일 눈떠서 생각해보자. 우리 잊지 말자! 지금 여기서! Here & Now!"

후배는 내 말의 의미를 금방 알아들었다.

"그리고 내가 너보다 먼저 죽거들랑 내 눈 가져가! 그냥 줄게. 아마 더 예뻐질 거야. 내가 너보단 좀 더 예쁘잖아. 호호."

"푸하하! 언니는 그렇게 생각하는구나. 더 안 예뻐지기만 해봐!"

어느덧 집 앞에 도착한 후배는 기분 좋게 들어가서 아이들을 볼 수 있겠다며 고마워했다. 나 또한 감사하고 행복했다.

아직 일어나지 않은 일들을 미리 생각해서 현재를 고통으로 보낼 필요가 없다. 실은 염려했던 그 일이 터지기 전에 죽을지도 모르는 게 우리의 현실이고 삶이다. 죽을 때 아마도 괜한 걱정을 했다며 허탈해할 수도 있다.

"카르페 디엠!"

영화 〈죽은 시인의 사회〉에서 주인공인 키팅 선생님이 학생들에게 강조했던 말로, "현재를 즐겨라. 즉, 매 순간을 소중하게 살자"라는 의미의 말이다. 순간은 찰나와 같이 짧지만 결국 긴 인생도 그런 짧은 순간과 순간이 모여 완성된다. 24시간뿐인 오늘 하루이지만 그것이 모여 1년이 되고, 평생이 된다. 그러니 오늘 이 순간에 충실하고 최선을 다하면 내 삶의 모든 순간이 최선이 된다.

"Here & Now"

언제나 정신을 차리고 외쳐야 한다. 안 그러면 우리는 수시로 과거와 미래를 오가느라 현재를 놓치게 된다. 지금 내 곁에 있는 사람의 소중함을 놓치고, 지금 내게 주어진 소중한 시간을 허비한다. 병원에서 환자들을 볼 때면 더욱 그런 생각이 든다.

한창 자신의 기량을 뽐내며 왕성한 일을 할 40대 초반의 나이에 뇌출혈로 하반신 마비가 된 남성 환자가 있었다. 작은 일에도 눈물을 흘리며 이야기할 때는 안타까운 마음이 든다. 언젠가 한 번은 내가 "휠체어가 약간 고장이 나서 수리를 맡겨야 하니 아버지께 전화해서 부탁하세요"라고 했더니 환자의 눈에서 금세 눈물이 뚝뚝 떨어졌다. 왜 우냐고 물었더니, "미안해서 아버지께 말을 못 하겠어요"라는 것이다.

건강하고 열정적인 삶을 살던 젊은 남자가 하루아침에 하반신 마비의 환자가 될지 누가 상상이나 했으랴. 꿈에서조차 상상하지 않았던 그 일이 벌어지니 하루하루가 고통일 수 있다. 그럼에도 여전히 그에게는 하루 24시간이라는 시간이 주어지고, 그 시간은 활용하기 나름이다. 후회와 불평과 원망으로 보낼 것인지 희망과 감사로 보낼 것인지는 본인의 선택이다. 그리고 둘 다 공짜다.

물론 처음부터 희망과 감사의 마음을 갖기란 쉽지 않다. 상당한 노력과 때론 전문가의 도움을 받아야 가능한 일일 수도 있다. 그러나 무엇보다 우리에겐 주어진 '시간'만큼의 '가능성'도 같이 있다는 것을 알아야 한다. 시간이 있다면 가능성도 있으니 말이다.

어느 60대 초반의 여성 환자는 뇌출혈로 쓰러진 이후 하반신 마비가 왔다. 혼자서는 옆으로 돌아눕지도 못하고, 일어나는 것도 화장실에 가는 것도 하지 못했다. 그래서인지 환자는 늘 우울한 표정으로 멍하니 천정만 바라보고 있었다. 하루는 그분께 무슨 생각을 하시는지 여쭸다.

"나는 도대체 언제 일어나는 걸까? 일어날 수나 있을까? 유명 맛집에 가서 음식을 한번 먹어나 볼 수 있을까?"

짐작대로였다. 지금 할 수 없는 일들에 초점이 맞춰져 있으니 화나고 우울하고 슬플 수밖에 없었다. 게다가 상상의 폭조차 제한적이고 결론 역시 부정적이었다.

"오늘부터는 언제 일어날 수 있을까, 이런 생각은 일절 하지 마세요. 일어나서 씩씩하게 돌아다니고 운전도 하고, 백화점에 가서 쇼핑하고 멋진 곳을 여행하는 생각만 하세요. 그리고 유명한 맛집은 주말에라도 휠체어 타고 따님들하고 다녀오세요. 당장 할 수 있는 걸 왜 상상 속에만 가둬 두세요?"

"와! 진짜 좋네. 그러면 되겠다. 그동안 쓸데없는 생각을 많이 한 것 같네."

다행히 환자분은 내 말에 유쾌하게 웃어주셨다. 나도 같이 웃었다.

"오늘은 바닷가로 여행을 다녀왔어."

다음날 출근해서 인사하는 나에게 그분은 환하게 웃으며, 오늘 새벽에 다녀온 상상 속의 여행에 대해 들려주셨다.

"와! 멋져요. 잘하셨어요. 멋진 오빠랑 같이 가신 거 맞죠!"

"응? 남편은 어쩌고?"

"남편분이랑 가시고 싶으세요?"

"아니, 나도 멋진 오빠랑 여행 가고 싶어. 하하하!"

나는 소녀처럼 수줍게 웃고 있는 환자를 꼭 안으며 귓속말로 속삭였다.

"아무도 모르니까 최고로 멋진 남자랑 지금 다시 떠나요."

우린 다시 깔깔대며 웃었다. 나는 그녀의 등을 쓰다듬으며 "내일 일은 내일 생각해요. 오늘은 오늘만 생각하자고요"라고 말해주었다.

고통스러울 땐 이게 최선의 지혜다. "Here & Now"만 생각하는 거다. 우리는 그저 오늘만 살 수 있다. 과거는 이미 지나갔으며 미래는 아직 오지 않았다. 굳이 미래를 부정적으로 그려 오늘에 끌고 와서 오늘을 고통으로 채울 필요는 없다. 그리고 우린 미래에 어떤 일이 일어날지 아무도 모른다.

내 삶의 체리 향기를 찾아서

삶이 힘들어 자살을 꿈꾸는 중년 남성이 있다. 구덩이를 파놓고 그 안에서 수면제를 복용하고 자살할 계획이다. 그는 많은 돈을 제시하며 자신의 시신 위에 흙을 덮어줄 사람을 찾고 있지만 쉽게 구해지질 않는다. 죽음이란 말 앞에서 모두 고개를 내젓는 것이다. 그러던 중에 어느 한 노인이 남성의 제안을 받아들인다. 병든 자식의 치료비가 필요해서이다.

노인은 남성에게 자신도 과거 젊은 시절에 자살을 시도하려 했으나 마음을 돌이키게 되었다며, 그 사연을 들려준다.

"결혼한 직후에 우리 부부는 온갖 어려움을 겪었어요. 너무 힘들어서 허우적거리다가 모든 걸 끝내기로 마음먹었지요. 어느 날 동이 트기 전에 나는 차에 밧줄을 싣고 외딴곳으로 떠났어요."

사방은 아직 캄캄했고, 밧줄을 나무에 던졌는데 걸리지 않았다. 한두 번 더 던졌는데도 소용이 없었다. 그래서 그는 나무에 기어 올라가 밧줄을 단단히 묶었다. 그 순간 손 아래에 무언가 부드러운 것이 만져졌다. 탐스럽게 잘 익은 체리였다.

"그걸 하나 먹었죠. 과즙이 가득했어요. 그래서 두 개, 세 개를 먹었어요. 그때 산등성이에 태양이 떠올랐어요. 정말 장엄한 광경이었죠. 그리고는 갑자기 학교에 가는 아이들의 소리가 들렸어요. 그 애들은 학교에 가다 말고 멈춰 서서 날 쳐다보더니 나무를 흔들어 달라고 했어요. 체리가 떨어지자 아이들이 주워 먹었죠. 전 행복감을 느꼈어요. 그리고는 체리를 주워 집으로 향했어요. 잠에서 깨어나 아내도 체리를 먹었어요. 아주 맛있게 먹더군요."

그는 자살하려고 떠났지만 결국 살아서 체리를 갖고 집으로 돌아왔다. 평범하고 보잘것없는 체리 한 개가 소중한 생명을 살린 것이다.

10년여 전 어느 지인이 소개해준 〈체리 향기〉라는 영화의 한 장면이다. 지인은 그때 당시 힘든 일을 겪던 중이라 죽고 싶은 생각이 간절했는데, 다행히도 이 영화를 보곤 다시 살아보려고 결심했다고 한다.

나는 이 영화를 세 번이나 보았다.

"눈을 감고 싶은가요?

제발 생각을 바꿔요. 생각을 바꿔봐요.

살고 싶어 하는 사람들이 얼마나 많은데, 당신은 서둘러 죽고 싶어 안달이라니

솟아오르는 샘물을 마시고 싶지 않나요?

차가운 시냇물에 발을 담그고 싶지 않나요?

사계절을 생각해봐요. 계절마다 가지각색 과일이 있죠.

여름과일이 있고 가을 과일이 있어요. 겨울엔 또 다른 과일이 나오고 봄도 마찬가지예요.

아무리 훌륭한 엄마도 그렇게 갖가지 과일을 준비하진 못해요.

어떤 엄마도 그렇게 잘하진 못해요.

하지만 신께선 우리에게 온갖 과일을 내려주셨어요. 그걸 거부할 수 있어요?

전부 포기하고 싶은가요?

체리 맛을 포기하고 싶어요?

그러지 말아요. 친구로서 이렇게 부탁합니다."

자살하려는 주인공에게 건네는 노인의 말이 마치 나를 향한 말처럼 들렸다. 그는 작지만 소중한 일상의 기쁨들을 하나씩 펼쳐 놓으며 내게 살아야 한다고 부탁했다. 크고 거창한 것이 아닌, 일상에서 일어나는 사소한 것들이 삶을 살아가는 이유이자 힘이라고 말했다. 아침 햇살을 맞으며 창가에서 차 한잔을 마시고, 저녁이면 아이들과 과일을 나눠 먹을 수 있다면 아직은 내게도 희망이 있다고 토닥여주었다.

봄날의 어느 일요일에 아이들이 느닷없이 김밥을 먹고 싶다고 했다. 냉장고를 뒤져보니 김치와 달걀 한 판, 당근과 멸치볶음이 전부였다. 햄과 단무지, 어묵, 맛살, 시금치 등 김밥의 기본재료라고 하는 것들이 없었지만 나는 일단 있는 재료만으로 김밥을 만들어 보기로 했다.

김치를 볶아 단무지를 대신했고, 한 판이나 되는 달걀은 최대한 두툼하게 하여 부드러운 식감을 담당하게 했다. 아이들이 그다지 좋아하지 않는 당근에는 버터의 부드러운 향과 케첩의 새콤함을 더해주었고, 멸치는 최대한 잘게 잘라 고소함과 씹는 맛을 느끼게 해주었다.

감사하게도 아이들은 부족한 재료로 싼 김밥이지만 엄지까지 척 들어주며 맛있게 잘 먹어주었다. 모든 것이 완벽하게 갖춰지면 더없이 좋겠지만 조금 부족하더라도, 심지어 많이 부족하더라도 하고자 하는 의지만 있다면 얼마든지 해낼 수 있다는 것을 경험한 소중한 봄날이었다.

세계적인 투자자이자 컨설턴트인 팀 페리스가 쓴《타이탄의 도구들》이란 책에는 영화감독이자 각본가, 제작자, 촬영감독, 편집자, 뮤지션인 천재적이고 자유로운 영혼의 로버트 로드리게즈의 이야기가 나온다.

그는 거의 빈털터리였지만 오직 자신에게 주어진 것들만으로 시나리오를 만들어 영화를 제작했다. 거북이, 개, 술집, 목장, 버스만을 활용해서 스텝도 없이 오롯이 혼자서 자신에게 주어진 한계 안에서 맘껏 자유를 누렸다. 변명은 세상에서 가장 쓸데없는 짓이라고 말했다. 그런 영화를 뜻밖에 콜롬비아 영화사가 배급권을 사들였고 선댄스라는 영화상까지 받게 되었다.

낮은 예산으로도 좋은 영화를 만들기로 유명한 로버트 로드리게즈는 자신에게 없는 것을 불평하거나 무언가가 더 필요하다고 아우성치지 않았다. 그저 자신에게 주어진 것으로 그만의 창조적인 일을 해나가면 된다고 생각했다.

한때 나는 내 삶이 모자라거나 부족한 것을 넘어, 가진 것이라곤 아무것도 없는 바닥이라고 생각했었다. 그런데 돌이켜 생각하면 그때도 나는 무언가를 가지고 있었다. 지금보다 훨씬 젊었고, 넷이나 되는 귀여운 아이들이 있었고, 완벽하진 않지만 나름 든든한 남편도 있었다. 그리고 무엇보다 인생의 모진 풍파를 겪으며 그 안에서 버티고 견뎌내는 법을 익히고 있었다. 이 또한 나의 귀한 자산임을 나는 오랜 뒤에야 알게 됐다.

어느 정신의학과 전문의는 아침에 일어나 건강하게 눈을 떠서 하늘만 바라볼 수 있어도 "내 인생 짱이야!"라고 말할 수 있을 만큼 삶의 기대치를 낮춘다면, 지친 마음을 긍정적으로 충전할 수 있는 사람이라고 했다.

남편과 함께 사는 동안 나는 자상한 남편, 건강한 남편과 사는 여자들과 나를 비교하며 나 자신이 불행하다고 단정했다. 남편이 자살했을 때도 나는 병이나 사고로 남편을 잃은 여자들과 비교하며 최악의 불행이 나에게 온 것이라 생각했다. 그런데 남편이 떠난 지 5년여가 흐르고, 나의 마음이 조금씩 치유되면서 나는 내 삶을 다르게 보기 시작했다. 특히 병원에서 아픈 환자들과 함께하면서 나의 몸이 건강하고 내 아이들이 아프지 않다는 것이 얼마나 큰 행복이고 감사인지를 알게 됐다. 허망하게 떠나버린 남편을 생각하며, 살아만 있다면 행복과 희망은 얼마든지 있음도 알게 됐다.

언제부턴가 나는 내게 없는 것을 한탄하거나 원망하는 게 아니라 내가 가지고 있는 것, 내가 하고 싶은 것, 지금 할 수 있는 것에 집중하기 시작했다. 로버트 로드리게즈처럼 비록 보잘것없어 보이는 것들이라도 나만의 독특한 창의적인 사고로 뭔가를 해낸다면 다른 이들까지 즐겁고 풍요롭게 만든다는 것을 깨달았기 때문이다.

특출한 재능도 없고 가진 것도 없지만 내 안에는 끊임없이 들끓어 오르는, 하고 싶은 말들이 있다. 그게 전부이지만 나는 어떻게든 그 말을 세상에 외치고 싶다. 또 다른 나에게, 또 다른 나의 남편에게 당신은 소중한 존재라고 알려주고 싶다. 그리고 당신의 생각이 얼마나 중요한지, 그 생각 때문에 죽을 수도 있고 살 수도 있다는 것을 아느냐고 묻고도 싶다. 모자라고 부끄러웠던 나의 지난 경험을 들려주고 그 안에서 얻은 깨달음을 나누며, 그들에게 작은 지푸라기라도 되어주고 싶다. 그리고 우리가 가진 모든 것을 살펴보며 작으나마 희망을 만들어 보자고 말하고 싶다. 감사하게도 이런 나의 바람은 이제 서서히 실행의 첫걸음을 떼고 있다. 나는 그것으로도 충분히 감사하다.

세상에서 가장 불행한 사람처럼 여겨진다면, 가장 힘든 사람처럼 여겨진다면 내 삶의 체리 향기를 찾아보는 건 어떨까. 삶의 기대치를 대폭 낮춰서 일상의 기쁨들을 다시 누려보는 것이다. 작은 체리의 맛에 감탄해보고, 시냇물 소리에도 귀 기울여보자. 빛나는 태양도 아름답고 찬란하다는 것을 알아주자. 모든 것을 새로운 눈으로 바라보는 시각을 가진다면 내 삶도 다르게 보일 수 있다.

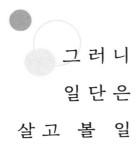

그 러 니
일 단 은
살 고 볼 일

한 남자가 자살하려고 강물에 뛰어들었습니다. 경찰은 물
살에 떠밀려가는 그를 구하고자 밧줄을 던졌습니다. 그는
밧줄을 잡으려 하지 않았습니다. 그러자 경찰은 총을 꺼내
그를 겨냥하고는 쏘겠다고 위협했습니다. 그는 좀 더 확실
하게 죽음을 직면했고, 마침내 밧줄을 잡았습니다.

폴 퀸네트의 《돌이킬 수 없는 결정, 자살》이라는 책에 나온
이야기다. 자살을 결심했는데 누가 나를 죽여주면 더 좋은 기

회라고 생각할 수 있겠지만 실상은 다르다. 우리는 그다지 죽고 싶어 하지 않는다. 오히려 간절히 살고 싶어 한다.

물론 지금은 죽음 외엔 별 뾰족한 방법이 생각나지 않을 정도로 너무나 절망적인 상황일 수도 있다. 그러나 그럴 때일수록 냉정히 자신에게 물어야 한다. 정말 희망이 없는지, 모든 길을 다 알아보고 죽음을 바라보는 것인지 다시 물어야 한다.

나는 중환자실에서 근무한 경험이 있는 간호사다. 자살하려다 실패해서 스스로 음식을 먹지 못하는 지경이 된 환자를 본 일이 있다. 코로 튜브를 넣어 위장에까지 닿도록 꽂은 후에 맛이라곤 전혀 없는 칼로리만 맞춘 영양식을, 그가 원하든 원치 않든 규칙적으로 튜브에 부어드렸다. 스스로 가래를 뱉을 수 없어, 목에 구멍을 내어 관을 꽂아 규칙적으로 가래를 뽑아냈다. 그때마다 그의 몸은 움찔거리며 몸서리를 치는 듯했다.

양치도 할 수 없어 가글액을 거즈에 적셔 입속을 닦아보지만 구취는 피할 길이 없다. 대소변을 스스로 해결할 수 없었기에 소변줄을 꽂고 기저귀도 늘 차고 있어야 했다. 대변을 보아도 제때 치워줄 수 없을 때도 많았다. 바쁘면 대소변을 치우는 동안 커튼을 칠 겨를도 없다. 찰나의 순간에 생명이 오가는 중환자실에선 최소한의 수치심마저 사치가 된다.

일정 시간이 지나면 콧줄도 새로 갈아야 하고, 목의 튜브와 소변줄도 갈아야 한다. 환자는 그때마다 고통스러워한다. 몸도 스스로 움직이지 못해 누가 체위변경을 해주지 않으면 금세 물집이 잡히고 동그랗게 살이 패이고 만다. 더 진전되면 살이 썩어들어가기 시작한다. 그러면 빨간 소독약을 거즈에 적셔 썩어들어가는 살갗을 빡빡 문질러 새살이 나오게 한다. 이게 얼마나 아픈지, 의식이 조금이라도 남아 있는 환자들은 고통에 몸부림을 친다. 게다가 이제는 자살도 할 수 없는 신세가 되었다. 아직까지 이 상태가 아니라면 희망은 있다.

남편은 모든 게 끝났다고, 더 이상 희망은 없다고 생각하며 자살을 선택했지만 나는 틈새로 보이는 그 한 줄기 빛에 희망을 걸고 그와의 새로운 시작을 바랐다. 이번에 한 번만 더 정신 차리면 평생 새사람이 되어 좋은 아버지 좋은 남편까지도 될 수 있으리라 생각했다. 그러나 결국 그는 곁에 남아 있던 희망을 미처 보지 못하고 절망감으로 다시는 돌아올 수 없는 길을 가게 되었다.

삶에는 사느냐 죽느냐, 혹은 실패냐 성공이냐 이 두 개의 선택만 있는 게 아니다. 정답이 없을 뿐만 아니라 변수도 많고 상황도 계속 바뀌는 게 인생이다. 그런데 그 소중한 목숨을 놓고 달랑 두 개의 선택 상황에서 고민한다는 것 자체가 모순이고 비논리적이고 비이성적이다.

삶에 정답은 없고, 저마다 처한 상황이 다르니 그런 절망의 상황에서 어떻게 살아야 한다는 말은 감히 할 수 없을 테다. 단지 나의 이야기를 들려주며 참고해보길, 작으나마 빛을 찾아주길 바랄 뿐이다.

누구에게나 고민은 있고, 위기는 선택이 아닌 삶의 필수 과목이다. 외로움도 결코 피해갈 수 없다. 배우자가 있다고, 가족이 있다고 외롭지 않은 것은 아니다. 나는 어릴 때부터 외로움과 공허함의 고통으로 힘겨워했다. 결혼하면 해결될 줄 알았는데 더 극심한 외로움과 공허함에 시달려야 했다. 아이를 더 낳으면 해결될 줄 알고 넷이나 낳았지만 나라만 좋은 일 시킨 것 같다.

지금도 나는 그러한 감정들로 무력해질 때가 있다. 그러나 예전처럼 깊은 절망이나 우울로 나를 비참함 속에 담그지는 않는다. 나는 이제 어둠이 아닌 빛을 먼저 바라본다. 우울감에 책이 눈에 들어오질 않는 날엔 뽕짝을 틀어놓고 막춤을 추며 에너지를 끌어올린다. 그마저도 통하지 않는 날엔, 시청률 1위의 리얼버라이어티쇼 프로그램을 틀어놓고 크게 소리 내며 웃기도 한다. 시청자들을 한번 웃겨보겠다고 기꺼이 망가져 주는 출연자들의 성의 덕분인지 기분이 훨씬 나아진다.

우울하고 힘들어도 이젠 침대에 파묻혀 울지 않는다. 우울 감에 빠지지 않으려 규칙적인 운동도 하고 있다. 또 하고 싶은 일이 있으면 망설이지 않고 즉시 하려 노력한다. 일례로, 이젠 떡볶이가 먹고 싶으면 곧장 나가서 사 먹는다. 전에는 떡볶이 가 먹고 싶어도 먹지 말아야 할 이유를 수도 없이 떠올리며 그 냥 지나쳤다. 이젠 그럴 이유도 없고 그래서도 안 된다.

물론 그것이 쉽지는 않다. 내가 예전에 살던 방식이 아니다. 과거의 나는 원하는 것을 하기보다는 해야 할 일을 하며 살았 다. 그런데 돌아보니 남은 게 없었다. 그래서인지 예전에 찍은 사진들은 하나같이 표정이 어둡다. 뭘 하고 싶냐고 물어오면 나도 모르겠다고 했다. 나 자신을 잊고 살았다. 나를 챙기는 게 뭔지도 모르고 살았다. 먹고 싶은 게 뭔지도 몰랐다. 무슨 색을 좋아하냐고 물어도 대답을 못 했다. 나를 오랫동안 관찰 하고야 나는 내가 빨간색을 좋아한다는 사실을 알았다.

내게 남아 있던 실낱과도 같던 희망은 어느새 점점 더 커져 서 삶이 더 밝아졌고, 이젠 꿈도 생겼다. 나는 자살 충동에 시 달리는 사람들과 알코올중독의 중년 남성을 상담하고 싶다.

한마디로 남편과 비슷한 전철을 밟고 있는 사람들과 만나고 싶다. 이제는 하고 싶은 일을 하고 좋아하는 일을 할 것이다. 평균수명이 늘어났다고 내가 백 세까지 살 거라는 보장은 없다. 언제 이번 생이 마감될지 모르기에 더는 미루며 살지 않을 것이다. 나의 남은 생을 그들과 함께 나누고 싶다.

내 옆에 희망이 조금이라도 있다면 아직 세상은 살아볼 만하다. 인생에는 수도 없는 변수가 있다. 하는 일마다 실패이고 되는 게 없다고 절망하지만, 마지막이라 생각하고 도전한 일이 대박을 터뜨릴 수도 있다. 또 살다 보면 좋은 아이디어가 떠올라, 혹은 귀인을 만나 사업에 반전이 일어날 수도 있다. 연인의 배신에 절망하여 죽음을 생각하지만 똥차가 떠나니 벤츠가 오더란 말처럼 진짜 사랑이 나타나 삶이 온통 분홍빛으로 물들 수 있다. 내가 아는 지인은 연인과 이별 후 한동안 슬럼프에 빠졌는데 어느 날 너무 행복하다며 연락이 왔다. 더 멋지고 더 어린 연하남을 만났다는 것이다. 한 치 앞도 모르는 게 인생이다.

앞으로 남은 날 동안 실패도 절망도 있을 것이다. 그러나 그 과정에서 수많은 희망을 만나고 기쁨을 맛볼지 누가 알겠는가. "삶이 아름다운 것은 미래를 위해 무엇이 좋은지를 알지 못한다는 데 있다"라던 톨스토이의 말처럼 우리의 멋진 미래에 오늘의 쓰라림이 최고의 약으로 쓰일지 누가 알겠는가. 그러니 일단은 살고 볼 일이다. 우리에겐 아직 쓰지 않은 카드가 많이 남아 있고, 그 속엔 내 삶을 밝혀줄 희망도 함께 있다. 지레 겁먹고 포기할 필요가 전혀 없다.

내가 존재해야
세상도
존재한다

대학에서 간호학을 전공했지만 나는 간호사 일과 잘 맞지 않았다. 특히 규모가 어느 정도 있는 병원에서는 야간근무까지 하는 경우가 많아서 더더욱 일하기가 힘들었다. 그래서 나는 대학을 졸업하고 1년 정도 근무한 이래로 가끔 생계에 위협이 느껴질 때를 제외하고는 병원에는 얼씬도 하지 않았다. 그런데 의외로 요양병원은 나와 맞는 구석이 있었다. 사람들과의 관계를 중요하게 생각하는 나의 성향이 노인분들과 소통하는 데에 큰 도움이 됐고, 나 역시 일에 대한 보람도 많이 느졌다.

"사랑합니다! 영철님!"

재활요양병원에서 간호사로 일할 때의 일이다. 당시 내가 담당하던 환자 중엔 임종을 앞둔 말기암 환자가 계셨다. 나는 그분이 깨어계시면 늘 이렇게 이름을 부르며 인사를 건네고는 했다.

오전 근무 간호사에게 인계를 받고 나면 오후 근무를 시작하기 전에 나는 각 병실을 둘러보고 환자들을 살펴본다. 전날 저녁에 챙겨 드린 약은 효과가 있었는지, 식사는 잘 하셨는지, 대변은 잘 보셨는지, 잠은 잘 주무셨는지 등 환자마다 물어봐야 할 질문들이 다 제각각이다. 하지만 한 가지 공통점이 있었다. 성별과 나이도 다르고 질병의 종류나 회복의 정도도 다르지만 그들 모두가 다 사랑받고 싶어 한다는 점이다. 나는 그분들이 사랑받고 있다는 것을 느끼게 해주려 말 한마디, 행동 하나에도 마음을 담고 정성을 기울였다.

몸과 마음이 지치고 힘든 그분들을 잘 보살펴드리면서 나는 힘들기는커녕 오히려 일에 보람을 느꼈다. 게다가 그분들은 나에게 받은 친절과 사랑을 배로 돌려주고 계셨다. 간식을 챙겨놨다가 주머니에 몰래 넣어주고, 맛있는 것은 여기서 먹고 가라며 입에 넣어주시고는 했다. 그 환자분의 손이 더러울 때도 있지만 나는 잘도 받아먹었다. 그것은 간식이 아닌 사랑이었기 때문이다. 어린아이와도 같은 순수하고 여린 그분들의 사랑은 어머니의 마음이 되어 무조건 받아주고 품어주어야 한다. 그래야 돌보는 사람에 대해 신뢰가 생기고, 건강을 회복하고 싶은 마음도 더 강해진다.

나는 그분들과 소통하는 게 진정으로 기쁘고 행복했다. 언젠가 한번은 "사랑합니다! 영철님!"이라고 인사를 하니 영철님이 내게 진지한 표정으로 물으셨다.

"나같이 쓸모없는 사람을 왜 사랑하세요?"

나는 피식 웃음이 나올 뻔했다. 그분이 생각하고 있는 사랑과 지금 내가 말하고 있는 사랑은 분명 다른 의미의 사랑이기 때문이다. 나는 누워계신 그분의 얼굴에 바짝 다가가 얼굴을 마주했다. 그분은 병으로 한쪽 시력을 잃었기 때문에 더 가까이 가서 진심 어린 이야기를 나누고 싶었다.

"영철 님, 만약에 이 세상에 딱 하나밖에 없는 다이아몬드가 있다면 그게 얼마쯤 할 것 같아요?"

"아주 비싸겠지요."

"그렇죠! 아주 비싸겠지요. 이 세상에 영철님과 똑같은 사람이 한 명이라도 있나요?"

"없지요! 아, 그러고 보니 맞네요! 하하."

"그것 봐요. 영철님이 소중한 사람 맞죠? 영철님은 다이아 몬드보다 더 소중한 분이세요. 하하하!"

"감사합니다. 진작에 알려주지 왜 이제야 알려줬어요!"

영철님의 입가에 오랜만에 미소가 번졌다.

그분은 그 후로 몇 번 혼수상태에 빠지셨다가 일주일 후 하늘나라로 가셨다. 어쩌면 나와 나눈 대화가 마지막 대화였을지도 모른다. 임종 후 가족들에게 나와 나눈 대화를 이야기해드렸더니 금세 눈시울을 붉히며 고마워했다.

병원에서 생명이 꺼져가는 환자들을 보면 자존감이 급격하게 낮아진 분들이 많다. 밥을 먹는 것도 화장실에 가는 것도, 심지어 옆으로 돌아눕는 것조차 혼자 할 수 없으니 다른 사람의 도움을 받아야 하고, 그것만으로도 그들은 스스로 죄인이되어 한껏 움츠린다. 그래서인지 내가 사랑한다고 말하며 안아드리면, 그분들은 누가 우리한테 이런 대우를 해주겠냐며 황송해한다. 그런데 정작 더 큰 사랑과 감사를 느끼는 것은 나다. 하루는 어떤 할머니께서 주무시기 전에 콜 벨을 눌러 놀라서 달려 가보니 당신을 한번 안아달라고 하셨다. 매일 한 번씩 안 아드리는데 그 날은 못 안아 드렸던 모양이었다.

"진짜 좋은 수면제를 드릴게요. 사랑합니다!"

나는 웃으며 할머니를 꼭 안아 드렸다. 할머니는 어린아이처럼 해맑은 표정으로 "사랑합니다"라고 화답하며 이불을 목까지 끌어올린 후에 그제야 잠을 청하셨다. 행복한 순간이다.

상담 모임에서 알게 된 어느 고등학교 상담부장 교사는 최근 학생 한 명이 투신자살을 해서 자신이 책임지는 마음으로 학교에 사표를 냈다고 했다. 그러나 학교에서는 사표를 받지 않고, 이번 일을 계기로 아이들을 더 잘 돌보는 상담교사가 되어달라고 당부하며 며칠 휴가를 주었다고 했다. 그분도 이런 말을 덧붙였다.

"아이들은 존재만으로도 소중하고 너무 예쁜데 부모님들 눈에는 성적표 밖에 안 보이나 봐요. 모든 게 성적이고 비교의 대상이니 아이들이 쉬지를 못해요. 이번에 그 아이도 성적 때문에 비관해서 그런 극단적인 선택을 한 거예요. 부모는 자신의 아이가 존재 그 자체만으로도 소중하다는 걸 몰라요."

우리는 아직 제대로 피어보지도 못한 한 아이의 죽음을 애도하며 안타까운 마음을 주고받았다.

남편이 떠난 후 나는 우리 아이들이 아프지 않고 건강하다는 것만으로도 충분히 감사하고 행복했다. 이전에는 성적에도 욕심을 내고, 진로도 좀 더 전망이 있는 것으로 정하길 내심 바랐었다. 그러나 사람은 그 존재만으로도 온전히 귀하고 소중하다는 것을 뼈저리게 깨닫고는 이 모든 것이 나의 욕심임을 알았다. 그리고 남편에게 한없이 미안했다. 비록 술을 마시고 가정에 소홀했을지라도 나는 그 사람 자체의 존귀함을 인정해주고 표현해주었어야 했다. 그랬더라면 남편도 자신을 좀 더 소중하게 생각했을지도 모를 일이다.

최근에 아이들과 함께 영화 〈토이 스토리 4〉를 봤다. 영화에는 주인공 여자아이가 일회용 수저와 재활용품으로 만든 장난감의 이야기가 나온다. 이 재활용 장난감은 자신을 '쓰레기'라 생각하고 틈만 나면 쓰레기통으로 들어가 버린다. 그럴 때마다 장난감들의 대장인 우디는 쓰레기통을 힘겹게 뒤져 재활용 장난감을 찾아낸다. 그리고 이 재활용 장난감을 애타게 찾는 주인 여자아이 옆에 몰래 갖다 놓는다.

영화를 보는 동안 나는 마치 그간 바닥난 자존감으로 살아왔던 나의 모습을 보는 듯했다. 더불어 남편의 모습도 보였다. 남편과 나는 우리가 서로에게 소중한 배우자이자 부모임을 잘 몰랐던 듯하다. 주인이 자신을 소중하게 생각하는 줄은 꿈에도 모르고 오히려 자신을 쓰레기라 판단하는 재활용 장난감처럼 우리는 자신을 스스로 쓰레기통으로 던져버린 듯하다.

우리는 존재 그 자체만으로도 충분히 소중한 사람들이다. 능력 있고 중요한 일을 하는 사람만 소중한 게 아니다. 어떤 일을 하든 재산이 얼마이든 한 사람 한 사람 그 존재가 모두 소중하다. 다이아몬드와는 비교도 할 수 없다. '왜'라는 이유도 필요 없다. 내가 사라지는 순간 세상도 사라지기에, 우리는 가장 귀한 존재로 세상의 중심에 서 있다. 그러니 세상의 그 누구도 섣부른 짐작으로 자신을 쓰레기통으로 던져버리는 어리석은 선택은 하지 않아야 한다.

살 아 있 는 자 만 이
생 방 송 을
시 작 할 수 있 다

나는 끝날 때까지 끝난 게 아니라는 말을 좋아한다. 언제 들어
도 좋은, 희망이 차오르는 말이다. 남편이 죽음을 선택했다는
것을 알았다면 그에게도 큰소리로 들려주었을 테다.

"이 바보야, 끝날 때까지 끝난 게 아니야!"

남편은 경기가 끝나지도 않았는데 끝났다고 생각하고 경기
장에서 나온 선수나 다름없다. 아직도 수비수를 뚫고 나갈 틈
이 있는데, 골을 넣을 기회가 얼마든지 남아 있는데 그는 남은
경기를 포기했다. 더는 경기에 참여할 수도 역전승을 기대할

수도 없는, 돌이킬 수 없는 결정을 한 것이다.

가끔 스포츠 경기를 볼 때면 막판 뒤집기를 하는 장면들이 있다. 눈을 뗄 수 없게 집중을 하게 만드는 경기들 말이다. 끝까지 지켜봐야 알 수 있는 게 스포츠 경기이다. 축구와 야구 등 대부분의 스포츠 경기들이 마지막에 어떤 변수가 일어날지 알 수 없다. 마치 우리 인생의 축소판 같다. 마지막까지 예측할 수 없기에 인생도 스포츠도 끝날 때까지 끝난 게 아니다.

넘어지고 싸우고 다치고 퇴장당하고 다시 모여 작전을 짜는 등 경기를 보는 내내 흥미진진하다. 특히 선수마다 각기 다른 기량으로 팀플레이를 하는 모습은 멋있고 아름답기까지 하다. 우리의 인생도 마찬가지다. 하루에도 몇 번씩 좋았다가 나빴다가 슬펐다가 기뻤다가 변화무쌍하니 그 흥미진진함이 스포츠 못지않다. 또 우리 안엔 각기 다른 기량을 가진 선수들처럼 다양한 자원이 수없이 많다. 설령 경기에서 지고 있더라도 포기하지만 않는다면 어느 순간 승자로 우뚝 서기도 한다.

미리 다 아는 영화나 스포츠 경기는 재미가 덜 하다. 흥분할 이유도 없고 안타까워할 이유도 없다. 주인공이 죽는지 사는지 헤어지는지 결혼하는지 다 알고, 몇 대 몇으로 누가 승자가 되는지 다 아는 재방송은 그다지 흥미롭지 않다. 다행히도 우리의 인생은 재방송이 없다. 오로지 생생한 생방송이다. 예측이 불가능하기에 기적과도 같은 반전도 기대할 수 있다. 그러니 지금까지 어떻게 살아왔고 결과물이 무엇이었든지 아무 상관이 없다. 지금부터 다시 시작하면 된다. 살아만 있다면 지금 바로 생방송을 시작할 수 있다.

나는 남편이 살아 있다면 우리는 지금 어떤 모습으로 살고 있을까를 종종 상상한다. 어쩌면 나의 고집대로 우리는 이혼을 했을지도 모른다. 그러나 남편의 짐작처럼 우리는 영영 남남이 되어 있지는 않았을 것이다. 아무리 원수 같은 감정의 부부일지라도 둘 사이에 자식이 있다면 완전한 남이 되기란 쉽지 않다. 하물며 우리는 서로를 미워하거나 원망하는 감정의 골이 깊었던 것도 아니고, 심지어 아이가 넷이나 되는데 어찌 남이 되겠는가.

살아 있기만 했더라도 남편은 지금쯤 나와 친구가 되어 있을지도 모른다. 아이들에게 일어나는 갖가지 일들로 그를 만나야 할 게 뻔하기 때문이다. 더군다나 의존적인 성향의 나는 힘들면 그에게 퍼붓기라도 할 요령으로 찾아갔을 수도 있다. 그러다 보면 웃을 일도 울 일도 생기고, 우리 관계의 또 다른 해결방법을 찾아가게 될 수도 있었을 것이다. 그는 그런 기회를 모조리 불살라 버렸다. 아이들이 커가는 모습을 보면서 힘들어도 함께 보람을 느꼈을 수도 있었다. 그러나 그는 찰나의 생각으로 돌이킬 수 없는 결정을 해버렸다. 그 결과 남편은 나와 아이들은 물론 그의 삶에 모든 것을 송두리째 잃어버렸다.

남편이 '돌이킬 수 없는 결정'을 한 후에 나는 그의 어리석음과 이기심을 욕하고 원망했다. 그런데 한편으론 나 역시 죽고 싶단 생각이 계속 차올랐다. 자살 유가족들이 일반인보다 우울증에 시달릴 확률이 7배, 자살 위험이 8배 이상 높다는 연구결과는 괜한 것이 아니었다. 남편을 향한 그리움이나 원망은 둘째 치고라도 당장 현실의 힘듦은 나를 깊은 우울감에 시달리게 했고, 그 끝은 늘 죽음을 떠오르게 했다.

죽음으로의 유혹이 올 때마다 나는 늘 그 뒤의 일들을 생각했다. 죽음 뒤엔 아무것도 없다. 남편이 나와 아이들에게 더는 아무것도 할 수 없는 것처럼 나 역시 죽고 나면 할 수 있는 게 아무것도 없게 된다. 그래서 자살은 돌이킬 수 없는 결정이다.

만신창이가 된 듯한 마음을 다독이려 읽었던 책 중에 앞서 소개한《돌이킬 수 없는 결정, 자살》이라는 제목의 책이 있다. 자살과 관련한 상담심리 책들은 외국서적을 번역해 놓은 것이 대부분인데, 심리 이론을 배경으로 써 놓은 것들이 많아 다소 어렵고 무겁게 느껴진다. 이에 비해 《돌이킬 수 없는 결정, 자살》은 편안한 문체와 흥미로운 내용 덕분에 읽기도 부담이 없고, 책장도 술술 잘 넘어갔다.

이 책의 저자는 워싱턴 의과대학의 정신과 임상 조교수이자 QPR연구소(자살예방교육기관)의 소장으로 활동 중인 폴 퀸네트이다. 35년 이상을 자살하려는 환자들과 일 해왔던 폴 퀸네트는 자살하려는 사람과 이야기하는 듯 책 한 권을 편안하게 써 내려갔다. 절망에 빠진 그들에게 섣불리 생각을 바꿔보라거나 용기를 내라고 충고하지 않는다. 그저 그들의 고통에 공감하며, 조금만 더 생각해볼 것을 권유한다. 망설임과 두려움 속에서 충동적인 결정을 하려는 이들에게 잠시 한 걸음만 뒤로 물러나보라고 당부한다.

책을 읽는 동안 나는 울기도 하고 웃기도 했다. 웃을 내용이 있을까 싶겠지만 죽음을 앞두고도 어리바리하고 찌질하게 행동하는 사람의 모습은 마치 나를 보는 듯하여 웃음이 터져 나왔다. 폴 퀸네트와 면담했던 한 여인은 높은 다리 위에서 세찬 강물 속으로 뛰어내려 자살을 시도했으나 다행히 살아남았다. 그녀는 비옷을 입고 있었는데, '물에 젖는 게 싫어서' 그걸 입었다고 했다. 이처럼 자살자 중 상당수가 마지막까지 이렇다 할 확신도 없이 마음이 오락가락하는 사이 우발적으로 자살 기도를 한다.

조사에 의하면 자살자 10명 중 8명은 자살을 실행하기 전에 친구나 가족 등 주변 사람들에게 자신의 심경을 토로하는 등으로 도움을 요청하는 간접적인 메시지를 보낸다고 한다. 죽고 싶은 마음의 한 가운데에 살고 싶은 마음이 강하게 버티고 있는 것이다. 실제로 병원에 근무하며 본 자살 시도자들의 상당수가 응급실에 실려 와서는 살려달라고 애원한다. 그리고 몹시 후회한다. 결국 그 한순간의 선택으로 며칠 내로 사망하기도 하고, 평생 손목의 흉터나 식도협착 등 자살 시도의 흔적을 안고 살아가기도 한다. 그들은 자살 시도 전의 건강한 몸으로 돌아가고 싶어 하지만 결코 그럴 수 없다.

99퍼센트의 확신 사이로 단 1퍼센트라도 망설임이 든다면 아직은 죽을 때가 아니다. 영원히 이어지는 위기나 고통은 없다. 그 위기와 고통이 줄어들거나 사라지기 전에 앞서 자살만 하지 않는다면 상황은 반드시 변한다. 영화 〈라이온 킹〉에서 심바는 아버지를 죽였다며 삼촌이 겁을 주자 무리에서 달아났다. 사막을 헤매던 심바가 다 죽어가는 상황에서 멧돼지 품바와 미어캣 티몬을 만난 이야기가 나온다. 죽음과 맞닥뜨린

최악의 상황에서 그런 친구들을 만날 수도 있다. 그리고 어느 날 심바가 사랑했던 날라가 찾아올 수도 있다. 상상만으로도 행복해진다.

너무 걱정하지 말자. 시간이 걸려도 포기하지만 않으면 된다. 조급해할 것 없다. 누군가가 도와줄 수도 있고 때론 상황이 바뀔 수도 있다. 또 시간이 지나면 저절로 해결되는 일도 많다. 그러니 조금만 여유를 가져보자. 가다 보면 무슨 일이 생긴다. 폴 퀸네트의 말처럼 우리는 함께 살아남았지 않았는가.

손을 내밀어야
다시
일어설 수 있다

나는 늘 내가 불행하다고 생각했다. 어린 시절엔 가장 믿고 의지하는 존재인 '엄마'로부터 사랑이 아닌 학대를 받았고, 어른이 되고 결혼한 후에도 남편에게 사랑받지 못한다고 느꼈다. 그래서 나는 나 자신을 한심하고 못난 여자라고 생각했다. 게다가 나의 모든 노력이 아무 인정도 받지 못하고, 내가 하는 수고가 부질없는 헛된 일들이라는 생각은 나를 점점 무기력하게 만들었다. 아무것도 하기 싫었고, 나중에는 작은 일에도 피로감을 느껴 늘 피곤하다는 말과 짜증 난다는 말을 입에 달고 살았다. 나중에 상담심리 공부를 하면서 내 안에 이런 잘못된 신념들이 있는 한 결코 행복해질 수 없다는 것을 알게 됐다.

불행을 끌어당기는 내 안의 강력한 늪을 찾고 그것에서 빠져나오기 위해서는 오랜 시간과 노력이 필요하다. 그리고 무엇보다 상처받은 나를 알아주고 토닥여주며 함께 울어줘야 한다. 그런 무수한 감정들이 내 안에 있음을 인정하고 그 초라함을 한번은 껴안아 줘야 한다. 그래야 멀리 아주 멀리 떠나보낼 수 있고, 더 이상 내 삶에 반복되는 경험을 하지 않게 된다.

내 안의 왜곡된 신념들은 오랜 세월 동안 노출된 수많은 상처와 부정적인 자극들이 가져온 결과물이었다. 삐뚤어진 자아상과 낮은 자존감은 어릴 때는 부모와 같은 주 양육자들을 통해서 만들어졌을 확률이 매우 높고, 성인이 되어서는 연인이나 배우자로부터 영향을 받는 경우가 많다. 나 역시 그런 과정을 통해 낮은 자존감과 극도의 무기력감에 빠졌다.

이미 굳어질 대로 굳어진 그것들을 깨부수고 진짜 나를 만나는 것은 혼자서는 힘든 일이었다. 오랫동안 강력하게 쌓여온 부정적 체계를 하루아침에 무너뜨리고 새롭게 삶을 바꾸는 일을 혼자서 해내기는 쉽지 않다. 그래서 전문가의 도움을 받아야 한다. 심리학이나 정신분석학을 전문적으로 연구하시는 선생님들은 물론이고 이미 그 길을 걸어가셨던 수많은 선배도 있다. 나는 상담 관련 공부를 하고 있었기에 다행히 정신과 방문에 대해 큰 거부감이 없었고, 스스로 도움이 필요하단 판단에 병원에 갔다. 감사하게도 훌륭하신 선생님들을 만나 큰 위로와 힘을 얻었다.

길을 모를 땐 그 길을 잘 아는 분에게 물어보는 게 가장 현명한 일이다. 나 역시 그러한 분들의 도움과 가르침으로 여기까지 왔다. 바닥까지 추락한 자존감을 서서히 회복하고 삐뚤어진 자아상도 다시 반듯하게 잡으며, 세상 그 누구보다 나 자신을 먼저 사랑해야 한다는 것을 알게 됐다.

그뿐만 아니다. 남편에 대한 죄책감과 미안함도 덜게 됐다. 늘 술에 취해 가족들은 물론 자신의 건강까지 외면하는 남편이 미워서 가끔은 그가 죽었으면 좋겠다고 생각한 적이 있다. 그런데 정말 그가 죽고 나니 한때나마 내가 그런 생각을 했다는 것이 너무나 미안하고 후회가 됐다. 내가 그런 생각을 해서 남편이 죽은 건 아닌가 하는 죄책감까지 느끼기도 했다. 다행히 나중에 심리치유를 받으며, 나와 같은 상황에선 대부분이 이런 마음일 수밖에 없다는 걸 알고는 무거운 마음의 짐에서 벗어날 수 있었다.

혼란 속에서 벗어나 하루하루를 감사하며 평온한 삶을 누리기 위해서는 전문가 선생님들의 도움 외에도 좋은 책이나 강연을 통해 마음의 위로를 받고 긍정적인 에너지를 채울 필요도 있다.

한때는, 자살이란 허망한 선택을 한 남편을 어리석다고 욕하면서도 나 역시 남편과 같은 선택을 하고 싶단 강한 유혹을 떨치기가 힘들었다. 물론 실제로 시도를 한 적은 없다. 그리고 구체적으로 실행에 옮기지 않은 것을 다행으로 생각하고 있다.

그런 절망적인 상황에서도 내가 늘 한 일들이 있다. 그것은 오래된 습관인데 독서와 강연 듣기이다. 하루도 하지 않은 날이 없을 정도다. 나는 문제가 생길 때마다 책을 읽고 전문가들의 강연을 들었다. 저자나 강연가들은 오랜 세월 공부하고 연구한 것들을 단시간 내에 터득할 수 있도록 아낌없이 내놓는다. 비록 저자나 강연가가 각자에게 처한 문제나 상황을 해결해주는 것은 아닐지라도 생각을 바꿀 수 있는 작은 물꼬 정도는 틔워줄 수 있다. 좀 더 여유를 가지고 다른 관점으로 그 문제와 상황을 바라볼 수 있는 통찰을 주는 것이다. 또한 그들의 진심 어린 토닥임이 내게 전해질 때면 이 역시 큰 위로가 되고 힘이 된다.

몸과 마음이 무너져 내려 아무것도 할 수 없을 때조차 나는 침대에 파묻혀 책을 읽고 강연을 들었다. 그들의 응원에 다시 힘을 내 자리에서 일어나고 세수를 하고 아이들의 밥상을 차리면서 나는 눈물이 날 정도로 감사했다. 눈을 뜨고 귀를 열고 그들을 찾으면 언제든 그들은 나에게 도움을 주려 준비하고 있었다. 그런 수많은 분의 도움 덕분에 나는 다시 일어설 수 있었고, 나를 사랑하고 내 삶을 소중히 여길 수 있게 되었다. 혼자서 힘들 땐, 혼자서 힘이 나지 않을 땐 반드시 손을 내밀어 도움을 청해야 한다. 그래야 다시 일어설 수 있다.

살 기 위 해
우 리 는
이 야 기 해 야 한 다

사람들과 나의 이야기를 나눌 때가 있다. 가족의 자살과 관련한 이야기를 한다는 것은 쉽지 않은 일이지만 처음이 어렵지 한 번 두 번 이야기하다 보면 점차 그 무게가 덜어진다. 살다 보면 다들 제 나름의 무거운 사연 한둘은 가지고 있다. 가족의 자살 또한 그것들과 비교하면 별반 다르지 않다는 생각이 들기도 한다. 그럼에도 사람들은 무거운 바윗덩이처럼 쉽게 그것을 꺼내어놓지 못한다.

상담치유자 모임 등에서 다들 손톱만 만지작거리며 고개를 떨구고 있을 때 나는 덤덤하게 나의 이야기를 먼저 꺼낸다. 그런데 신기하게도 나의 이야기를 듣고 나면 누군가는 아주 오랫동안 차마 말하지 못했던 깊은 상처를 꺼내 놓는다. 그들은 수십 년이나 지난 일도 마치 어제의 일처럼 생생하게 기억하고 있었다. 심지어 어릴 때 겪었던 일이라면 다시 어린아이가 되어 서럽게 울기도 했다.

어린 시절 어머니의 자살, 아버지의 자살, 언니의 자살, 남동생의 자살, 성폭행 등등 어마어마한 상처들 속에서 헤매었던 아픔들을 쏟아 놓는다. 그리고는 용기 내어 말할 수 있게 해주어 고맙다는 인사를 건넨다. 더 신기한 것은 이후에 다시 그를 만나면 얼굴이 전과는 확연히 달라져 있다는 것이다. 마치 몸 안의 오장육부를 누르고 있던 무거운 돌덩이를 치워 개운해진 모습이다. 얼굴은 밝아졌고 표정은 부드러워졌다. 그리고 빛이 난다.

병은 알리고 나누어야 낫는다는 말이 있다. 같은 병을 앓다가 다시 건강해진 사람들이 자신의 치유비법을 들려주기 때문이다. 고통도 마찬가지다. 당장 죽을 것 같은 무거운 고통도 입 밖으로 내놓고 나누면 나와 비슷한 고통을 경험한 사람이 다가와 자신의 치유비법을 나누어준다. 게다가 신뢰할만한 타인에게 나의 고통을 이야기함으로써 그 고통을 객관적으로 바라볼 수 있게 된다. 그리고 무엇보다 그간 억눌러왔던 고통의 감정이 조금씩 밖으로 표출되면서 내 안의 고통의 무게들도 조금씩 덜어진다.

미국 텍사스 대학의 제임스 페니베이커(James Pennebaker) 교수는 고통을 객관화하는 것이 건강에 미치는 영향에 관한 실험을 했다. 그는 실험에 참여한 사람들을 두 그룹으로 나눠 일기를 쓰게 했다. 한 그룹은 자신의 삶에서 가장 고통스러웠던 경험과 그와 관련한 감정 등을 쓰게 했고 다른 한 그룹은 일상의 일을 쓰게 했는데, 그 결과는 가히 놀라웠다.

자신의 고통에 관한 내용을 쓴 그룹 참여자들의 건강상태가 확연히 좋아진 것이다. 이들은 면역력이 높아지고 점차 낙관적인 태도를 보였으며, 관절염이나 천식과 같이 스트레스와 관련된 질병이 크게 호전되기까지 했다.

실험에서는 글쓰기였지만 나는 신뢰할만한 누군가에게 자신의 고통을 털어놓는 것 역시 같은 효과가 있다고 생각한다. 페니베이커 교수 역시 본인의 저서 《털어놓기와 건강》을 통해 말하기 또한 글쓰기와 마찬가지로 고통을 털어놓는 좋은 수단이며, 이러한 '털어놓기'를 통해 고통의 무게가 덜어질 수 있다고 했다.

입 밖으로 꺼내어 말할 수 있다면 더 이상 죽을 만큼 고통스러운 일은 아니다. 그래서 우리는 살기 위해서라도 누군가에게 나의 이야기를 하며 고통의 무게를 덜어내야 한다. 물론 그것이 말처럼 쉬운 일은 아니다. 남들이 나를 이상하게 볼까 봐, 마냥 불쌍하게만 볼까 봐 두려운 마음에 선뜻 말을 꺼내지 못한다.

나의 고통에 공감은커녕 냉담한 태도를 보이는 사람도 있겠지만 모두가 그렇지는 않다. 그건 사람에 따라 다르다. 고통은 창피해할 일이 아니다. 이야기하고 나면 아무것도 아닐 때가 있다. 그러니 이야기할 수 있는 건강한 곳을 만들어야 한다.

나 또한 꾹꾹 눌러놓고 있던 나의 고통을 사람들에게 하나둘 털어놓기 시작하면서 조금씩 마음의 건강을 회복해가고 있다. 게다가 나의 고통은 다른 이가 그의 고통을 말할 수 있도록 용기를 주면서 그들의 회복을 돕는다. 그렇게 우리는 서로에게 자신의 고통을 털어놓으며 상대의 치유를 돕고 자신도 회복되어 간다. 이런 변화는 애초에 기대하지도 않았다. 그저 내 안에 담아두면 죽을 것 같아서 말하기 시작했던 것이 서로를 치유하는 뜻밖의 축복을 가져왔다.

불행했던 나의 과거를 털어놓고 남편의 비극적인 선택에 대해 말해야 하지만, 나의 고통을 이야기하는 것만으로도 나의 고통이 줄고 누군가의 회복이 시작된다면 그것으로 충분하다. 나 역시 용기 있는 이들을 통해 도움을 받아 여기까지 왔기에 나 또한 다른 이들의 회복을 위해 용기 내는 것이다.

고통으로 신음하며 통곡하다 쓰러질 것 같은 이들과 함께 울다 보면 어느새 우린 친한 친구가 된다. 다음에 만날 때면 반가운 나머지 어디서든 얼싸안게 된다. 나이나 성별, 사는 곳, 학벌 등은 아무런 상관이 없다. 우리는 서로의 고통을 털어놓으면서 함께 치유되고, 멀게만 느껴졌던 기쁨과 행복을 조금씩 자신의 것으로 만들어 간다.

나 를
이 끄 는
아 름 다 운 별

2년여 전부터 나는 감사일기를 쓰고 있다. 하루를 정리하며 그날의 감사했던 일을 일기장에 쓰는데, 쓰다 보면 감사함이 또다시 차오르며 마음이 따뜻해진다. 똑 떨어진 생필품이 때마침 원 플러스 원 행사를 할 때도, 밤새 떠나지 않던 두통이 아침에 말끔하게 사라졌을 때도, 무심코 켠 라디오에서 내가 제일 좋아하는 음악이 나올 때도 나는 잊지 않고 감사일기를 쓴다. 일상의 너무나 평범한, 작고 소소한 일이지만 감사의 눈으로 바라보니 감사할 일이 너무나 많았다.

이전까지 나의 일기장엔 슬픈 일이나 외롭고 힘든 일들이 주로 쓰여 있었다. 그래서인지 일기장을 펼치기만 해도 긴 한숨과 함께 우울감이 밀려올 때가 많았다. 심리치유와 함께 좋은 책을 읽고 명상을 이어가던 중 문득 내 안의 부정적인 것들을 최대한 긍정으로 바꿔줄 필요를 느꼈다. 그날 나는 새로운 일기장을 샀고, 내 일기의 주인공들을 바꿨다. 기쁨과 평온, 감사, 사랑, 신뢰와 같은 긍정에 스포트라이트를 비춰 보기로 한 것이다.

나는 일기 쓰기를 마친 후에는 이불 속으로 들어가 혼자 또 소리 내어 감사하기 시작한다. 어차피 혼자니까 무엇을 말하든, 얼마나 큰 소리로 말하든 상관없다. 열 번이고 같은 말을 반복해도, 황당한 소리를 중얼거려도 상관없다. 때론 미래의 일도 미리 감사하는데, 예를 들면 내가 소원하던 마당이 있는 넓은 집에 내 아이들이 나의 예쁜 손주들과 함께 놀러 온 것이다. 나는 손주들과 마당에서 갓 따온 상추와 고추를 깨끗이 씻고 내 아이들은 삼겹살을 구우며, 행복하고 평온한 오후를 보내고 있다. 이런 행복한 상상으로 스르르 잠이 들며 나는 감사한 하루를 마무리한다.

이렇듯 언제 잠들었는지도 모르게 잠에 빠져들면 이튿날

아침엔 개운한 몸으로 깨어나 다시 감사로 하루를 연다. 밤새 도록 쉬지도 않고 일한 나의 심장과 두뇌와 세포들에게 감사하고, 나를 포근하게 덮어주었던 이불에게도 감사의 인사를 건네고 창밖으로 보이는 하늘을 향해서도 감사한다. 따뜻한 커피 한잔에 행복감을 만끽하며, 베란다에 하나둘 생겨난 작은 꽃들에게 사랑한다고 아침 인사를 한다. 이러다 보면 5분, 10분이 훌쩍 지난다.

물론 긍정의 언어를 예쁘게 심으며 감사일기를 쓴다고 해서 슬픔이나, 걱정, 절망 등의 부정을 완전히 벗어날 수 있는 것은 아니다. 괜찮은 듯하다가도 느닷없이 찾아드는 부정적 생각들로 나는 다시 우울과 고통의 순간을 맞게 되지만 이젠 그것을 대하는 태도도 많이 달라졌다.

《죽음의 수용소에서》의 저자 정신과 의사 빅터 프랭클은 자신이 만든 '의미치유'라는 이론에서, "우리가 삶의 의미를 발견하지 못했거나 자기가 뜻하는 삶을 살지 못했을 때 무의미나 공허감을 느낀다"라고 했다. 그리고 "고통에 의해 삶의 의미를 발견하기도 한다"라고도 했다.

그의 말처럼 고통은 고통으로 끝나는 게 아니다. 고통과 아픔을 통해 세상 밖으로 나온다면 그것은 나를 이끄는 아름다운 별이 되기도 한다. 어떤 상황인가보다 그 상황을 어떻게 바라보느냐가 더 중요하다. 즉, 반 잔의 물을 보며 반 잔이나 남았다고 생각하는 긍정의 마음이 삶의 희망으로 이어진다.

나는 내 인생을 희망으로 이끌기 위해 나 자신을 바라보는 관점부터 바꾸기로 했다. 자식 넷을 부양하는 한부모 가정의 우울하고 가난한 어머니가 아닌 나와 같은 고통을 겪거나 남편처럼 삶과 죽음의 기로에 서 있는 사람들에게 희망의 이야기를 전해주는 사람이라고 '나'를 정의하기로 했다. 나만의 관점으로 나를 재창조한 것이다.

이렇듯 긍정의 관점에서 나에 대한 새로운 정의를 내리고 삶의 의미를 발견하며, 내가 뜻하는 삶에 발을 내딛기 시작하자 무의미함과 공허함에서 서서히 벗어나기 시작했다. 그리고 일상의 소중함과 작고 사소한 것들이 주는 감사함을 깨달으며 나는 더 자주 행복하고 더 자주 기쁨을 누리게 되었다.

건강을 잃어봐야 건강의 소중함을 알 듯 우리는 잃어봐야 소중함을 알게 된다. 오늘 내게 주어진 이 하루, 다시는 돌아오지 않을 이 소중한 순간에 감사하자. 과거는 돌이킬 수 없고 미래는 아직 오지 않았다. 지금만이 유일하게 힘이 있는 시간이다. 그러니 지금, 이 시간을 감사로 채우며 행복을 만끽해보자.

이 이야기가 당신에게
작은 숨구멍이 되기를

남편이 자살이라는 가장 치졸한 방법으로 내 앞에서 사라진
후, 나는 상상조차 하지 못했던 인생 최악의 깊고 어두운 구렁
텅이에 빠지게 됐다. 남편과 함께이던 때에도 나는 내 삶이 바
닥이라 생각했는데, 남편이 자살하니 그보다 더한 구덩이가
나를 기다리고 있었다.

그렇게 5년여가 흘러가지만 나는 여전히 슬프고 아프다. 그
나마 다행인 것은, 시도 때도 없이 흐르던 눈물이 이젠 제법 분
위기를 잡아야 흘러나온다는 사실이다. 자살이란 단어만 들어
도 심장이 쿵하고 내려앉던 그때와 달리 이젠 코끝이 살짝 찡
해질 뿐이다. 그거면 됐다. 나는 충분히 잘 견뎌내고 있다.

남편이 죽기 전부터 나는 대학원에서 상담심리학을 공부하고 있었다. 진로에 대한 분명한 그림 없이 그저 내 마음이 좀 편해지고 싶어서 시작했던 공부이다. 그런데 남편이 떠난 후 나는 어려운 상황에서도 학업을 계속 이어갔고, 마침내 내가 가고 싶은 길을 찾게 됐다. 나는 나와 같은 자살 유가족들을 만나 그들의 이야기를 들어주고 나의 이야기를 전하고 싶다. 그렇게 미약한 힘이지만 그들과 나누며, 차츰 괜찮아질 것이라고 조금씩 나아질 것이라고 희망을 전하고 싶다.

나는 나와 같은 아픔을 가진 사람들을 위해 책을 쓰고 있다. 당신을 생각해주는 사람이 아무도 없고 당신의 마음을 알아주는 사람이 아무도 없다는 것은 잘못된 생각임을 전하기 위해서다.

나는 지금 직장을 쉬면서, 다음 달 월세 낼 일을 걱정하며 고군분투하고 있다. 바로 방구석에서 울고 있을, 아직은 만나지 못한 당신을 위해서.

나의 아픔을 글로 풀어내는 것은 쉬운 일이 아니다. 무엇보다 그때의 고통과 다시 만나야 하고, 이미 묶어진 남편에 대한 원망과 미움도 다시 하나하나 끄집어내야 한다. 그럼에도 나는 나의 이야기를 쓰기 시작했다. 나와 같은 자살 유가족에게 지금 당신이 아픈 것은 너무나 정상이라고, 전혀 이상할 바 없다고 말해주기 위해서다. 그리고 당신도 언젠가 지금의 나처럼 고통도 아픔도 슬픔도 조금은 옅어지는 날이 온다는 것을 전하기 위해서다.

한동안은 주위 사람들의 위로마저도 상처가 됐다. 나와 전혀 다른 상황에 놓인 그들이 건네는 어설픈 위로와 조언은 오히려 뾰족한 가시처럼 나를 찔러댔다. 결국 나는 나를 지켜내려고 서서히 사람들 틈에서 빠져나오기 시작했다. 그리고 상담실을 찾아가 한 번씩 울어 재끼기 시작했다.

나는 경험을 통해, 다친 마음을 치유하고 원래의 건강한 마음으로 돌아오려면 최대한 빨리 전문가의 도움을 받아야 함을 알게 됐다. 정신과 전문의에게 가서 필요하다면 약도 처방받고, 횡설수설이라도 제 안의 것을 이야기할 수 있어야 한다. 그리고 그 비이성적이고 비논리적인 사고의 재해석과 위로가 절실히 필요하다. 일상생활을 잘할 수 없는 게 정상이라고, 가족의 자살이라는 엄청난 충격을 받은 사람이 평소처럼 생각하고 잘 살고 있다면 그게 더 이상한 일이라고 말해주는 전문가가 필요하다.

전문가와의 상담치유만큼이나 중요한 것이 편안하게 함께 있어줄 사람이다. 왜 이런 일이 일어났는지, 그게 누구의 잘못 때문인지 일절 묻지 않을 사람 말이다. 그저 내 이야기를 들어주고 따뜻하게 다독여 줄 사람이 있다면 분명 행운이다. 안타깝게도 내겐 그런 사람이 없었다. 친정엄마와 동생들은 나만큼이나 감정이 격해져 정제되지 않은 말들을 쏟아냈고, 아이들은 너무 어려 오히려 나의 위로가 필요했다. 친구나 지인들 역시 나에 대한 공감보다는 그들의 입장에서 말을 했다.

나는 나와 같은 고통을 겪는 분들 속에서 나의 이야기를 하기 시작했다. 그리고 여러 다양한 이유로 집단상담 심리치유에 참여한, 마음이 아픈 분들 속에서도 나의 이야기를 했다. 언젠가 한 번은 남편의 자살 이야기를 듣던 한 청년이 눈시울을 붉히며 눈물을 뚝뚝 흘렸다. 스무 살을 갓 넘긴 듯 보이는 애된 청년은 나중에 조용히 내게 자신의 이야기를 했다. 빚에 시달리던 어머니가 얼마 전에 자살하셨다며, 돌아가시기 며칠 전에 어머니가 전화를 하셨는데 일부러 받지 않았다고 했다. 또 돈 이야기를 할까 봐 짜증이 났단다. 청년은 어머니의 전화를 안 받은 게 너무나 후회되고 죄송하다며 나를 붙들고 엉엉 울었다. 나는 되지도 않을 위로 대신 그냥 청년과 함께 울어주었다. 우리는 그렇게 한참을 울며 서로를 위로하고 공감해주었다.

나처럼 마음을 다친 사람들은 아픈 마음을 이야기할 수 있는 안전한 모임을 찾아야 한다. 나에게 일어난 일들을 말할 수 있어야 한다. 회복은 그때부터이다. 같은 고통을 경험한 사람들이라면 더 좋을 것이다. 같은 고통을 경험한 사람들은 서로를 보기만 해도 위로가 되고 서로 견뎌내는 모습만으로도 힘이 난다. 특히 '자살 유가족'이라는 이 길은 어차피 눈물 없이는 갈 수 없는 길이다. 그래서 누구도 비난하지 않고, 가족의 자살에 대한 의문을 갖지 않고 위로와 격려만 해줄 수 있는 이들이 필요하다.

같이 가면 더 잘 견딜 수 있다. 같이 웃고 같이 울다 보면 언제부턴가 제대로 숨이 쉬어진다.

이 책에 담긴 나의 이야기가 당신에게 작은 숨구멍이 되어주길 간절히 바라면서, 우리 같이 가보자고 조심스레 손 내밀어 본다.

남편이 자살했다

초판 1쇄 발행 2020년 11월 5일
초판 2쇄 발행 2020년 11월 27일

지은이 곽경희
펴낸이 정덕식, 김재현
펴낸곳 (주)센시오

출판등록 2009년 10월 14일 제300-2009-126호
주소 서울특별시 마포구 성암로 189, 1711호
전화 02-734-0981
팩스 02-333-0081
전자우편 sensio0981@gmail.com

기획 (주)엔터스코리아 책쓰기브랜딩스쿨
편집 이미순, 심보경   **외부편집** 정지은
마케팅 허성권, 서혜경   **경영지원** 김미라
디자인 유채민

ISBN 979-11-90356-86-2 03810

소중한 원고를 기다립니다. sensio0981@gmail.com